1781

DIE TRUMP-TAGEBÜCHER

Aufzeichnungen, Korrespondenzen, Telefonprotokolle, Randnotizen und andere Dokumente aus dem Leben des 45. Präsidenten der USA

HERAUSGEGEBEN VON ANONYMUS

Deutsch
von Susanne Mönnigsen

HOFFMANN UND CAMPE

1. Auflage 2020
Für die deutschsprachige Ausgabe

www.hoffmann-und-campe.de
Umschlaggestaltung: Vivian Bencs © Hoffmann und Campe
Umschlagabbildung: © Edel Rodriguez
Satz: Dörlemann Satz, Lemförde
Gesetzt aus der Minion Pro und der Akzidenz Grotesk
Druck und Bindung: GGP Media GmbH, Pößneck
Printed in Germany
ISBN 978-3-455-01074-9

HOFFMANN UND CAMPE

Ein Unternehmen der
GANSKE VERLAGSGRUPPE

VORWORT DES HERAUSGEBERS

Darf man die Tagebücher eines lebenden Menschen veröffentlichen, wenn er damit nicht einverstanden ist? Darf man ohne seine Zustimmung die Briefe publizieren, die er geschrieben und die er erhalten hat?

Wenn er der Privatmann Old MacDonald ist, der eine Farm im Mittleren Westen betreibt, darf man es nicht. Das versteht sich von selbst. Wenn er aber im Oval Office regiert und sein Land in den Abgrund treibt, sieht die Sache anders aus.

Unter ihrem 45. Präsidenten sind die Vereinigten Staaten von Amerika in die schwerste Krise seit dem Bürgerkrieg geraten. Die Covid-19-Pandemie erschüttert die Nation, die Ermordung des wehrlosen schwarzen Bürgers George Floyd durch weiße Polizisten hat eine seit langem überfällige Protestwelle ausgelöst, die Arbeitslosenzahlen steigen auf immer neue Rekordhöhen, und die Wirtschaft des Landes steht vor dem Kollaps, während Donald Trump eine groteske Fehlentscheidung nach der anderen trifft.

Es ist nicht nötig, hier davon zu sprechen, wie peinlich er sich in den Jahrzehnten vor seiner Ernennung zum Präsidenten der USA aufgeführt hat. Es genügt, eine kurze Bilanz seiner Amtszeit im Weißen Haus zu ziehen.

Mit den Despoten Wladimir Putin und Kim Jong-un verstand er sich von Anfang an besser als mit seinen Verbündeten in Europa und Japan. Nicht einmal die Nachricht, dass die Russen den Taliban ein Kopfgeld für jeden toten amerikanischen Soldaten versprochen hätten, vermochte Trump aus der Ruhe zu bringen, und als das Coronavirus SARS-CoV-2 in die USA eingedrungen war, tat er alles, was in seiner Macht stand, um die Pandemie zu beschleunigen.

Seine Nichte Mary L. Trump hat ihn als den »gefährlichsten Mann der Welt« bezeichnet. Das ist nicht zu hoch gegriffen. Er besitzt die Macht, einen Atomkrieg auszulösen, obwohl er – machen wir uns nichts vor – der größte Esel ist, der jemals die Geschicke der USA gelenkt hat: ein Rechtsbrecher, der seine Komplizen mit Hilfe eines korrupten Justizministers aus dem Gefängnis befreit, und zugleich ein selbstverliebter Clown, der öffentlich damit prahlt, dass er einen Alzheimer-Test bestanden hat und auswendig die Wörter »person«, »woman«, »man«, »camera« und »TV« aufsagen kann.

Allen, die sich einen Überblick über Trumps kriminelle Taten verschaffen wollen, sei Glenn Kirschners Youtube-Kanal »Justice Matters« empfohlen. Kirschner, ein ehemaliger Staatsanwalt der U.S. Army, setzt sich darin täglich mit den Gesetzesverstößen auseinander, die der Präsident begangen oder begünstigt hat, und macht uns Hoffnung darauf, dass er und seine Spießgesellen zur Rechenschaft gezogen werden.

Selbst ein Bürgerkrieg wäre Trump lieber als das Eingeständnis einer Wahlniederlage. Wenn er sich einen politischen Vorteil davon verspricht, wird er auch einen Atomkrieg ins Kalkül ziehen.

Die Welt hat ein Recht darauf zu erfahren, wer dieser Mensch ist, was in ihm vor sich geht und was seine Freunde und Feinde über ihn denken, die ihm vertrauliche Briefe geschrieben haben.

Ich habe Zugang zu Trumps persönlichen Unterlagen und fühle mich dazu verpflichtet, sie der Öffentlichkeit zugänglich zu machen. Leider gibt es viele Lücken. Trump hat nur unregelmäßig Tagebuch geführt, und es ist mir bislang nicht gelungen, Einblick in alle seine Tagebücher zu gewinnen.

Aus Trumps Korrespondenz mit den Großen der Welt habe ich einige Briefe kopiert, die ich für besonders charakteristisch halte. Urteilen Sie selbst.
Es spielt keine Rolle, wer ich bin, und Donald Trump wird es0 auch nicht herausfinden. Dafür ist er zu dumm.

Washington DC, im August 2020
Anonymus

DIE TRUMP-TAGEBÜCHER

Im Herbst 1967 äußerte Fred Trump sich in einem Brief an eine Freundin der Familie besorgt über den Charakter seines Sohnes Donald. Ein Durchschlag des Briefs hat sich in Fred Trumps Nachlass erhalten und ist in den Besitz von Donald Trump übergegangen. Hier folgt der vollständige Wortlaut:

Liebe Violet!
Es ist wahr, was Du mir über Donald geschrieben hast. Ihm fehlt alles, was ein Mann braucht, um im Leben bestehen zu können. Er ist unbelesen, ungebildet, sprunghaft, egozentrisch, jähzornig und vergnügungssüchtig, und seine Selbstverliebtheit überschreitet jedes mir bekannte Maß, obwohl in seinem Fall nicht der geringste Grund für Selbstverliebtheit vorliegt.
Du müsstest ihn einmal reden hören, wenn wir zu Tisch sitzen. Nein, es würde genügen, ihm beim Schlürfen seiner Suppe zuzusehen! Er hat die Manieren eines Neandertalers, und man kann schon froh sein, dass er überhaupt das Essbesteck benutzt.
Kürzlich hat er hier eine »Bekannte« angeschleppt. Es war entwürdigend. In meinem gesamten Leben ist mir keine Person begegnet, die ordinärer gewesen wäre. Von dem vulgär hochtoupierten Haar und ihrem Schmatzen will ich dabei gar nicht einmal reden. Ach, schweigen wir davon!
Als Vater habe ich versucht, ihn auf die richtige Bahn zu lenken, aber meine Kräfte sind anscheinend zu schwach gewesen. Jetzt taumelt er seinem Verderben entgegen, und nichts kann ihn auf-

halten. Er ist ein Versager, ein Blindgänger und eine Schande für das Geschlecht, dem er entstammt.
Verzeih mir, dass ich Dir das alles schreibe. Mein Herz ist schwer, und bei jeder Begegnung mit Donald verfluche ich den Tag, an dem ich beschlossen habe, eine Familie zu gründen.
In alter Verbundenheit
Fred

Die Abneigung beruhte auf Gegenseitigkeit. Davon zeugt ein Tagebucheintrag von Donald Trump aus der Vorweihnachtszeit des Jahres 1967:

22. Dezember 1967

Der Alte glaubt, dass er ALLES darüber weiß, wie man ein Unternehmen führt. FALSCH! Man muss BESCHLEUNIGEN und LOSLEGEN. Ein Rezept von Blind Boy Fuller. STEP IT UP AND GO! Aber der zahnlose Alte lebt noch in der Ära, in der man Geld in Sparstrümpfe gesteckt hat. FRED DAGOBERT DUCK. Und ich bin der arme Donald …

⋆

Fred C. Trump

85-14 Midland Parkway, Jamaica, N. Y. 11432

November 2nd, 1967

Dear Violet:

It's true what you wrote me about Donald. He lacks everything a man needs to succeed in life. He is unread, uneducated, erratic, self-centred, irascible and pleasure-seeking, and his self-indulgence exceeds every measure I know of, although in his case there is not the slightest reason for self-indulgence.

You should hear him talk once when we're sitting at the table. No, it would be enough to watch him sip his soup! He has the manners of a Neanderthal, and one can already be glad that he uses the cutlery at all.

Recently he brought a friend here. It was humiliating. I have never met a plebbier person in my entire life. I don't even want to talk about her vulgarly chiseled hair and her smacking. Oh, let's keep quiet about it!

As a father, I tried to guide him in the right direction, but my powers seem to have been too weak. Now he is staggering towards his doom, and nothing can stop him. He is a failure, a dud, and a disgrace to the proud lineage from which he came.

Forgive me for writing all this to you. My heart is heavy and every time I meet Donald I curse the day I decided to start a family.

In old attachment,

Fred

Interessant ist auch ein Brief, den Donald Trump im Mai 1969 von dem Astronauten Neil Armstrong erhielt:

Lieber Donald:
Du hast mir nicht geschrieben, wie alt Du bist, aber ich nehme an, dass Du noch die Grundschule besuchst. Dort nehmt Ihr jetzt bestimmt das Thema Raumfahrt durch.
Leider kann ich Dir Deine Bitte, die Worte »Donald war hier« auf den Mond zu schreiben, nicht erfüllen. Bei unserer Mission sind alle Schritte genau festgelegt, und wir müssen uns an den sorgfältig geplanten Ablauf halten.
Doch ich werde Dir einmal kurz zuwinken, wenn ich gelandet bin!
Mit freundlichen Grüßen
Neil Armstrong

Trump war damals schon knapp zwanzig Jahre alt und fühlte sich gekränkt:

30. Mai 1969

Wieso glaubt der Hohlkopf Neil Armstrong, ich würde noch zur Grundschule gehen? Und weshalb kann er nach der Landung nicht mal eben kurz was auf den Mond schreiben?? Zwei Fragen – eine Antwort: Weil er doof ist. Ich hoffe, dass er mit seiner Drecksrakete ABSTÜRZT und sich alle Zähne ausschlägt, bevor sie EXPLODIERT!

⋆

NATIONAL AERONAUTICS AND SPACE ADMINISTRATION
MANNED SPACECRAFT CENTER
HOUSTON, TEXAS 77058

May 27, 1969

IN REPLY REFER TO: RB

Donald J. Trump
196 East 75th Street
New York, N.Y. 10021

Dear Donald:

You didn't write me how old you are, but I assume that you are still in elementary school. I am sure you are now going to take up the subject of space travel there.

Unfortunately, I cannot grant your request to write the words "Donald was here" on the moon. In our mission, all steps are precisely defined and we must stick to the carefully planned procedure.

But I will wave to you once briefly when I have landed!

Sincerely,

Neil A. Armstrong
NASA Astronaut

1965 waren die Beatles von der Queen mit dem Orden »Member of the British Empire« geehrt worden. Vier Jahre später sprach sich herum, dass John Lennon die Absicht habe, seine Medaille zurückzugeben, weil er die Afrikapolitik Großbritanniens ablehnte und gegen die Verstrickung seines Heimatlandes in den Vietnamkrieg protestieren wollte. Donald Trump vernahm dieses Gerücht und schrieb einen Brief an Lennon:

Lieber John!
Wie ich gehört habe, wollen Sie Ihren Orden »Member of the British Empire« zurückgeben. Das ist vollkommen verständlich. Auch ich bin zornig auf das Establishment, das jungen Leuten wie uns den Weg nach oben verwehren will.
Aber was soll die verschnarchte Queen mit dem Orden anfangen?
Hier ist mein Vorschlag: Verkaufen Sie mir diesen Orden für 4000 Dollar. Einverstanden?
Ich bin ein Riesenfan der Beatles. YESTERDAY war Euer allergrößter Hit.
Alles Liebe!!!
Donald J. Trump

Der Song »Yesterday« stammte jedoch allein von Paul McCartney. Es ist kein Wunder, dass Lennon auf Trumps Brief nicht reagierte. Im Sommer 1970 machte in New York dann die Tonbandaufnahme eines Gesprächs die Runde, das der Musikjournalist Paul Williams mit Lennon geführt hatte. Darin war von Lennons Seite eine Bemerkung über »reiche Muttersöhnchen wie Donald Trump« gefallen, und das war für Trump der Anlass, in seinem Tagebuch mit den Beatles im Allgemeinen und John Lennon im Besonderen abzurechnen:

DONALD J. TRUMP

196 East 75th Street
New York, N.Y. 10021

Apple Records Ltd.
3 Savile Row
London W.1.
ENGLAND
To Mr. John Lennon PERSONALLY

10th November, 1969

Dear John!

I heard that you want to return your 'Order of the Member of the British Empire'.

This is perfectly understandable. I too am angry with the establishment that wants to deny young people like us the way to the TOP.

But what is the snoring Queen going to do with your order?

Here's my suggestion: Sell me this medal for $ 4,000. Is that agreeable?

I'm a HUGE Beatles fan. YESTERDAY was your biggest hit ever.

Lots of love!!!

Donald J. Trump

22. August 1970

FUCK THE BEATLES. Sie haben unser Land gestohlen, und jetzt verbreiten sie ihre LSD-PROPAGANDA. Getrennt haben sie sich nur zum Schein, damit sie aus allen vier Himmelsrichtungen angreifen können. Ringo Starr haut auf die Trommel, Gregory Harrison schart unsere Feinde in Indien um sich, Paul McCartney lächelt, und John Lennon bekennt sich offen zum VIETCONG. Wir brauchen einen Motormäher, um diese Köpfe zu rasieren. JETZT SOFORT!

⋆

Mit einem Anliegen delikater Natur wandte Donald Trump sich im September 1970 an den vermögenden deutschen Playboy Gunter Sachs:

Sehr geehrter Herr Sachs:

Sie haben sicher schon von mir gehört. Ich bin mit phänomenalem Erfolg in der Baubranche tätig und führe laut FORBES die Liste der Jungunternehmer an, die das Bild Amerikas in den kommenden Jahrzehnten prägen werden.

Nun aber eine Frage von Mann zu Mann: Ist es wahr, dass Sie vor einigen Jahren in Saint-Tropez aus einem Hubschrauber eintausend Rosen über dem Grundstück von Brigitte Bardot abgeworfen und dadurch ihr Herz erobert haben?

Inzwischen sind Sie ja von Bardot geschieden und haben sich neu verheiratet. Ich habe ein Bild von Ihnen beiden im LIFE Magazine gesehen und gratuliere Ihnen zu dem neuen Schätzchen an Ihrer Seite.

Wenn Sie einmal in New York sind, erzähle ich Ihnen gern mehr über mich.

Mit besten Grüßen Donald J. Trump

DONALD J. TRUMP

196 East 75th Street
New York, N.Y. 10021

Gunter Sachs
Vieux Chalet
3780 Gstaad
SWITZERLAND

September 13th, 1970

Dear Mr Sachs:

You've probably heard of me. I'm enjoying phenomenal success in the construction industry and, according to FORBES, I top the list of young businessmen who will define America's image in the decades to come.

But now a question from man to man: Is it true that a few years ago in Saint-Tropez, you threw a thousand roses from a helicopter over Brigitte Bardot's property and won her heart in doing so?

In the meantime you have divorced Bardot and remarried. I saw a picture of the two of you in LIFE Magazine and congratulate you on the new sweetheart at your side.

Once you get to New York, I'll be happy to tell you more about me.

With best regards

Donald J. Trump

Was Trump mit dieser Frage bezweckte, geht aus seinem Tagebuch hervor:

13. September 1970

Wenn die Geschichte mit den tausend Rosen stimmt, werde ich EINE MILLION ROSEN über Brigitte Bardots Grundstück abwerfen. Nicht kleckern, sondern KLOTZEN!!!

Zu Trumps Bedauern fand Gunter Sachs sich jedoch zu keiner klaren Auskunft bereit. Er schrieb zurück:

Sehr geehrter Herr Trump!
Der Komponist Johann Sebastian Bach hat einst die Verse eines unbekannten Dichters vertont, die mit den Worten beginnen:

»Willst du dein Herz mir schenken,
So fang es heimlich an.«

Ich erlaube mir daher, Ihnen die Antwort auf Ihre Frage schuldig zu bleiben.
Weiterhin viel Erfolg in Ihrem reizvollen Metier.
Mit freundlichen Grüßen
Gunter Sachs

Trump fasste das als Beleidigung auf:

16. Oktober 1970

Dieser aufgeblasene Gunter Sachs will offensichtlich die Kontrolle über alle seine abgelegten Weiber behalten. Na, soll er doch! Ich habe KEINERLEI Interesse an seinem Harem. Wer ist schon die Bardot? Eine französische Zicke ohne jeden Sex-Appeal. Gerade gut genug für das Gesindel der europäischen

GUNTER SACHS

Vieux Chalet
3780 Gstaad
11. 10. 1970

Dear Mr. Trump!

The composer Johann Sebastian Bach once set to music the verses of an unknown poet that begin with the words:

"If you would give your heart to me
You have to do it secretly."

Therefore, I take the liberty of omitting to answer your question.

I wish you continued success in your delightful profession.

Sincerely,

Schürzenjäger. Meine Ansprüche an das zarte Geschlecht sind weitaus HÖHER!!!

*

In den frühen Siebzigern, als er noch von einer Karriere als Schauspieler träumte, wandte Trump sich an die Produktionsfirma Universal Pictures und bewarb sich um eine Rolle in Alfred Hitchcocks Spielfilm »Frenzy«, aber der Regisseur ließ Trump abblitzen:

Sir,
es ehrt Sie, dass Sie mich mit zehn Millionen Dollar unterstützen möchten, und es schmeichelt mir, dass sie meine Arbeit lieben. Leider ist es mir jedoch unmöglich, Ihnen als Gegenleistung eine Rolle in meinem neuen Film anzubieten.
Ich glaube Ihnen gern, dass Sie in der Firma E. Trump & Son demnächst die erste Geige spielen werden, und nachdem ich nun einige Fotos von Ihnen gesehen habe, möchte ich Ihnen empfehlen, sich auf das Immobiliengeschäft zu konzentrieren und sich den Gedanken an die Schauspielerei aus dem Kopf zu schlagen.
Sollten Sie dennoch darauf beharren, ins Filmgeschäft einsteigen zu wollen, rate ich Ihnen, sich an meinen alten Freund Roger Corman zu wenden, der in seinen B-Filmen gelegentlich Verwendung für obskure Galgenvögel findet.
Mit freundlichen Grüßen
Alfred Hitchcock

In seinem Tagebuch nahm Trump wenig später darauf Bezug:

ALFRED HITCHCOCK

June 17, 1971

Mr. Donald Trump
Avenue Z and West 1st Street
Brooklyn 23, N.Y.
New York, U.S.A.

Sir,

It honors you for wanting to support me with $10 million and I am flattered that you love my work. Unfortunately, however, it is impossible for me to offer you a role in my new movie in return.

I would like to believe that you will soon be playing first fiddle in the E. Trump & Son company, and now that I have seen some photos of you, I would like to recommend that you concentrate on the real estate business and forget about acting.

Should you still insist on going into the film business, I advise you to contact my old friend Roger Corman, who occasionally uses obscure gallows birds in his B-movies.

Kindest regards,

Alfred Hitchcock

25. Juni 1971

Ich habe »VERTIGO« gehasst, ich habe »PSYCHO« gehasst, und ich habe »THE BIRDS« gehasst. Und jetzt macht dieser fette kleine Brite sich an mich heran und will mich um meine Ersparnisse erleichtern. Er muss verrückt sein. Will mich ins Filmgeschäft locken. NOPE!! Ein Fass ohne Boden. Sorry, aber: Hitchcock, deine Tage sind GEZÄHLT!!!

*

Nachdem er Harold Robbins' Bestseller »Die Unersättlichen«, »Die Playboys« und »Die Bosse« gelesen hatte, versuchte Donald Trump sich im Frühjahr 1972 einmal selbst an einem Roman. Der Arbeitstitel lautete: »Der goldene Eroberer«. Über die erste Seite kam Trump jedoch nie hinaus. Sie hat sich in seinen Unterlagen erhalten:

DER GOLDENE EROBERER
Ein Roman von
DONALD J. TRUMP

Dieser Roman handelt von einem sehr, sehr, sehr erfolgreichen Geschäftsmann. Seine Konzerntöchter expandieren auf drei Kontinenten, und er hat Geliebte in New York, Paris, Melbourne, Rio de Janeiro, Hawaii, Montevideo, London, Seoul und so weiter. Selbst in der Antarktis liegen ihm die Frauen zu Füßen. Er sieht sehr gut aus und ist auch sehr sportlich. Doch eine Bande von Untermenschen infiltriert sein Unternehmen. Es sind Agenten aus Moskau. Sie richten einen immensen Schaden an, aber sie haben nicht mit der Tatkraft ihres Gegners gerechnet. Am Ende kommt es zu einem offenen Schlagabtausch auf einer Luxusyacht im Golf von Mexiko. Dabei rettet der Geschäfts-

THE GOLDEN CONQUEROR
A novel by
DONALD J. TRUMP

This novel is about a very, very, very successful businessman. His subsidiary companies are expanding on three continents, and he has lovers in New York, Paris, Melbourne, Rio de Janeiro, Hawaii, Montevideo, London, Seoul, and so on. Even in Antarctica, women are at his feet. He is very good-looking and also very sporty. But a XXXX gang of lowlifes infiltrates his company. They are agents from Moscow. They cause immense damage, but they didn't count on the energy of their opponent. In the end there is an open exchange of blows on a luxury yacht in the Gulf of Mexico. In the process, the businessman saves the lives of a number of people and strangles the leader of the gang under water with an anchor chain.

CHAPTER ONE

"Would you like another drink, my love?" asked Eve, a leggy blonde wearing only a red bikini. She was standing on the large terrace of the elegant South Sea country house that James Gary Blizzard had built two years earlier for six million dollars. It XXXX was a luxurious mansion. The steelwork in the courtyard alone had cost a fortune. On three levels, which were connected by an elevator, there were fabulously beautiful bedroom suites. Modern round bathtubs, open fireplaces, solid parquet floors, electric blinds and a high-quality equipped kitchen made this property a real jewel. But the best thing was the swimming pool, in whose azure blue water the sparkling light of the glittering sun broke.
For a moment, Blizzard put aside the Wall Street Journal, which described him as "the best-looking newcomer to American big business". He looked Eve deep into her cornflower blue XXX eyes and said, "It's too early for a martini, but you're giving me another idea..."
In the hot embrace of his arms, Eve forgot everything she had ever learned about loving. James Gary Blizzard came over her like a volcano of hot manhood and irresistible passion. His temperament would not allow him to restrain himself when he felt the fire of desire blazing within him, and Eve thanked him. The curves and buds of her body arched towards him as stormy as the ripe fruit of a windswept apple tree. When Blizzard was finished, he called John Foulspray, one of his managers, and asked him how business was going XXX in Mexico.
"Not as good as expected," Foulspray whimpered, and Blizzard fired him. For that was the way he was: on the one hand a fiery lover, and on the other hand an icy cold and snazzy professional who

mann einer ganzen Reihe von Leuten das Leben und stranguliert den Anführer der Bande unter Wasser mit einer Ankerkette.

KAPITEL EINS

»Möchtest du noch einen Drink, mein Liebster?«, fragte Eve, eine langbeinige Blondine, die nur einen roten Bikini trug. Sie stand auf der großen Terrasse des eleganten Landhauses in der Südsee, das James Gary Blizzard zwei Jahre zuvor für sechs Millionen Dollar errichtet hatte. Es war ein luxuriöses Gebäude. Allein die Stahlkonstruktionen im Innenhof hatten ein Vermögen gekostet. Auf drei Ebenen, die mit einem Aufzug verbunden waren, befanden sich märchenhaft schöne Schlafzimmersuiten. Moderne Rundbadewannen, offene Kamine, massive Parkettböden, elektrische Jalousien und eine hochwertig ausgestattete Küche machten dieses Anwesen zu einem wahren Juwel. Das Beste war aber der Swimmingpool, in dessen azurblauem Wasser sich das funkelnde Licht der glitzernden Sonne brach.

Für einen Moment legte Blizzard das »Wall Street Journal« zur Seite, in dem er als »der bestaussehende Newcomer der amerikanischen Großindustrie« bezeichnet wurde. Er sah Eve tief in ihre kornblumenblauen Augen und sagte: »Es ist noch zu früh für einen Martini, aber du bringst mich auf eine andere Idee …«

In der heißen Umschlingung seiner Arme vergaß Eve alles, was sie jemals über das Lieben gelernt hatte. James Gary Blizzard kam über sie wie ein Vulkan aus heißer Männlichkeit und unwiderstehlicher Leidenschaft. Sein Temperament erlaubte es ihm nicht, sich zu zügeln, wenn er das Feuer der Begierde in sich lodern spürte, und Eve dankte es ihm. Die Rundungen und Knospen ihres Körpers wölbten sich ihm so stürmisch entgegen wie die reifen Früchte eines windgepeitschten Apfelbaums.

Als Blizzard fertig war, rief er John Foulspray an, einen seiner Manager, und fragte ihn, wie die Geschäfte in Mexiko liefen.

»Nicht so gut wie erwartet«, wimmerte Foulspray, und Blizzard feuerte ihn. Denn so war er: einerseits ein feuriger Liebhaber und andererseits ein eiskalter und ausgebuffter Profi, der

Niemand weiß, aus welchen Gründen Trump seinen Roman an dieser Stelle abgebrochen und die Arbeit daran nie wieder aufgenommen hat. Die führenden Experten auf dem Gebiet der amerikanischen Literatur gehen jedoch nicht davon aus, dass dem Kulturerbe der Menschheit dadurch ein nennenswerter Schaden entstanden ist.

*

Aus Bombay erhielt Donald Trump Ende 1972 einen Brief von einem Inder, dessen Name ihm nichts sagte:

Sehr geehrter Herr Trump!
Sie kennen mich nicht, aber ich kenne Sie. Ein Freund hat mir einen kurzen Film gezeigt, in dem zu sehen ist, wie Sie eine Stewardess mit Eiswürfeln bewerfen und in einem Flugzeug eine leere Coca-Cola-Flasche zertrümmern.
Dieser Freund hat mir auch Ihre Adresse gegeben und mir gesagt, dass Sie der aufstrebende Sprössling eines Bauunternehmers sind, der in Brooklyn und Queens eine große Nummer ist.
Ich finde das faszinierend. Wenn Sie etwas Zeit erübrigen könnten, würde ich Sie gern nach Bombay einladen. Meine Schüler und ich untersuchen das westliche Ego, und wir würden Ihnen gern einige Fragen zu Ihrem Selbstwertgefühl und Ihren persönlichen Zukunftserwartungen stellen.
Mit freundlichen Grüßen
Bhagwan Shree Rajneesh

bhagwan shree rajneesh

A-1 WOODLAND PEDDAR ROAD BOMBAY 26 PHONE 382184

Dear Mr. Trump!

You don't know me, but I know you. A friend of mine showed me a short film in which you throw ice cubes at a stewardess and smash an empty Coca-Cola bottle in an airplane.

This friend also gave me your address and told me that you are the up-and-coming offspring of a contractor who is a big number in Brooklyn and Queens.

I find that fascinating. If you could spare some time, I would like to invite you to Bombay. My students and I are exploring the Western Ego, and we would like to ask you some questions about your self-esteem and your personal expectations for the future.

Sincerely,

Bhagwan Shree Rajneesh

December 12 1972

Zu dieser Fernreise hatte Trump keine Lust, doch er freute sich über die Einladung:

29. Dezember 1972

Jetzt bittet mich sogar schon das Staatsoberhaupt von Bombay an seinen Hof. Das muss ich Dad erzählen!!!

★

Für Briefe des Schriftstellers P. G. Wodehouse werden heutzutage auf Auktionen Unsummen gezahlt, aber es ist zweifelhaft, ob Trump den Wert jenes Briefs zu schätzen wusste, den Wodehouse ihm im September 1973 schrieb:

Sehr geehrter Herr Trump.
Mit Ihrer Sekretärin habe ich vorhin am Telefon ein nettes kleines Schwätzchen gehalten. Sie ist der festen Überzeugung, dass ich Sie für die Washington Post porträtieren soll, weil ich mir als Journalist im Zusammenhang mit dem sogenannten Watergate-Skandal bereits große Verdienste erworben hätte und diese durch einen Essay über Ihre Person enorm vergrößern könne. Meinen Hinweis, dass sie mich anscheinend mit dem Reporter Bob Woodward verwechsele, hat sie mit der Bemerkung abgetan, dass Sie, sehr geehrter Herr Trump, ihr ausdrücklich den Auftrag erteilt hätten, mich und keine andere Person für die ehrenvolle Aufgabe zu gewinnen, über Sie zu schreiben.
Unseligerweise verhält es sich tatsächlich so, dass ich nicht Bob Woodward bin. Von diesem Irrtum habe ich Ihre Sekretärin jedoch nicht abbringen können, und nun setze ich alle meine Hoffnungen in diesen Brief, in dem ich noch einmal aufrichtig beteuere, dass es sich bei mir nicht um den großen Bob Wood-

ward handelt, sondern nur um einen kleinen Zirkusfloh, der sich darum bemüht, der Menschheit ein Lächeln abzuquälen.
Ich will Ihnen nicht verhehlen, dass ich wahrhaftig einmal geträumt habe, Bob Woodward zu sein, aber da ich am Ende jenes Traums von der 17. US-Luftlandedivision in Kriegsgefangenschaft genommen worden bin, hält sich mein Ehrgeiz, Bob Woodward zu werden, in Grenzen.
Alles Gute
P. G. Wodehouse

*

Nachdem er stellvertretend für alle Marx Brothers am 2. April 1974 in Los Angeles einen Ehren-Oscar entgegengenommen hatte, lernte Groucho Marx auf einer After-Show-Party Donald Trump kennen. Um diese Begegnung geht es in einem Brief, den Trump wenige Tage später erhielt:

Sehr geehrter Herr Trump:
Das Vergnügen, Sie kennenzulernen, war ganz auf Ihrer Seite. Ich weiß seither aus erster Hand, nämlich von Ihnen selbst, dass Sie einer der größten Unternehmer New Yorks sind, die größten Gebäude bauen und den größten Erfolg haben, den man sich nur vorstellen kann.
Eines aber haben Sie nicht: meinen Schnurrbart. Das müssen Sie zugeben.
Sie könnten sich natürlich einen eigenen heranzüchten. Wenn ich es mir recht überlege, möchte ich Ihnen sogar dringend dazu raten. Lassen Sie sich einen Schnurrbart wachsen, nein, mehr als das: Lassen Sie sich einen Vollbart wachsen, den größten der gesamten Ostküste oder besser noch den größten des Universums!

P. G. WODEHOUSE
REMSENBURG
NEW YORK

September 20.I973

Dear Mr Trump.

I just had a nice little chit chat with your secretary on the phone. She firmly believes that I should portray you for the Washington Post because I have already earned great merits as a journalist in connection with the so-called Watergate scandal and that I could increase them enormously by writing an essay about you. She dismissed my suggestion that she was apparently confusing me with the reporter Bob Woodward by saying that you, Mr Trump, had expressly given her the task of winning me and no other person over to the honourable task of writing about you.

Unfortunately, the fact remains that I am not Bob Woodward. However, I have not been able to dissuade your secretary from this error, and now I place all my hopes in this letter, in which I again sincerely affirm that I am not the great Bob Woodward, but only a small performing flea who is trying to wring a smile on the face of mankind.

I will not hide from you the fact that I actually once dreamed of being Bob Woodward, but since I was taken prisoner of war by the I7th US Airborne Division at the end of that dream, my ambition to become him is limited.

All the best

P. G. Wodehouse

Dieser Bart sollte Ihr Gesicht vollständig bedecken und Ihnen auch tief in die Mundhöhle hineinwachsen, so dass er sie lückenlos ausfüllt und Sie fortan am Sprechen hindert.
So wäre es für uns alle das Beste. Sie würden einen neuen Rekord aufstellen, und wir anderen wären des Anblicks Ihrer Gesichtszüge enthoben. Und wir könnten wieder jene Stille genießen, die als gottgefällig gilt, seit der Evangelist Matthäus die Feststellung getroffen hat:
»Ich aber sage euch, dass die Menschen müssen Rechenschaft geben am Jüngsten Gericht von einem jeglichen unnützen Wort, das sie geredet haben.«
Lassen Sie es sprießen, Herr Trump! Beginnen Sie noch heute damit!
Mit freundlichen Grüßen
Groucho Marx

Allem Anschein nach nahm Trump dieses Schreiben nur flüchtig zur Kenntnis:

11. April 1974
Ich soll mir einen Bart stehen lassen, schreibt Groucho Marx. Da irrt er sich! Ich mag mein glattes, hartes Kinn, und die Frauen mögen es ERST RECHT!!!

*

Am Rande der Spring Fashion Show of European Designs in New York war Donald Trump im März 1974 eine Wette um zehntausend Dollar eingegangen: Er hatte darauf gesetzt, dass der in den Watergate-Skandal verstrickte US-Präsident Richard Nixon nicht zurücktreten werde. Colani hatte dagegengehalten. Am 8. August

GROUCHO MARX

April 8, 1974

Mr. Donald J. Trump
160 East 65th Street
New York, New York 10065

Dear Mr. Trump:

The pleasure of meeting you was all yours. Since then, I have learnt first-hand, from yourself that you are one of New York's biggest entrepreneurs, building the biggest buildings and enjoying the biggest success imaginable.

But there is one thing that you do not have: my mustache. You must admit that.

You could breed one of your own, of course. On second thought, I'd strongly advise you to do so. Grow a mustache, no, more than that: grow a full beard, the biggest one on the entire East Coast, or even better, the biggest in the universe!

This beard should cover your whole face and also grow deep into your oral cavity so that it fills it completely and from then on prevents you from speaking.

That would be the best for all of us. You would set a new record, and the rest of us would be relieved of the sight of your facial features. We could also once again enjoy that silence which has been considered God-pleasing since the evangelist Matthew has made the observation:

> 'But I say unto you, That every idle word that men shall speak, they shall give account thereof in the day of judgement.'

Let it sprout, Mr. Trump! Start it today!

Sincerely,

Groucho Marx

1974 trat Nixon zurück, und ein Vierteljahr später wurde Trump an seine Wettschulden erinnert:

Sehr geehrter Herr Trump!
Wissen Sie noch? Unser Tête-à-Tête in New York im Frühling? Sie waren so charmant, 10 000 Dollar auf das falsche Pferd zu setzen.
Nun frage ich mich jedoch: Wo bleibt der Scheck?
Schicken Sie ihn bitte an meine Adresse in Deutschland. Ich bewohne ein Schlösschen und freue mich darauf, den Weinkeller mit Ihrer finanziellen Hilfe etwas aufzustocken.
Mit freundlichen Grüßen
Luigi Colani

Trump ignorierte diese Zahlungsaufforderung und erhielt ein halbes Jahr später einen weiteren Brief von Colani:

Sehr geehrter Herr Trump!
Wenn Sie ein Mann von Ehre wären, hätten Sie Ihre Schulden bei mir schon im August des vergangenen Jahres beglichen. Ich habe nun aber eingesehen, dass Sie einer anderen Kategorie angehören und möglicherweise in einem Paralleluniversum leben, in dem Richard Nixon noch immer regiert.
Für diesen Fall spreche ich Ihnen mein tiefempfundenes Beileid aus.
Mit freundlichen Grüßen
Luigi Colani

Darüber konnte Trump nur den Kopf schütteln:

Colani

20. November 1974

Dear Mr. Trump!

Remember our tête-à-tête in New York in the springtime? You were charming enough to bet $10,000 on the wrong horse.

But now I ask myself: Where is the cheque?

Please send it to my address in Germany. I live in a small castle and I am looking forward to adding some more wine to the cellar with your financial help.

Sincereley,

Luigi Colani

Schloß Harkotten
4414 Harkotten-Füchtorf
Harkotten 1

Colani

7. Mai 1975

Dear Mr. Trump!

If you were a man of honour, you would have paid your debts to me already in August of last year. But I have now realized that you belong to a different category and may be living in a parallel universe where Richard Nixon still rules.

In this case I express my deepest condolences.

Sincerely,

Luigi Colani

Schloß Harkotten
4414 Harkotten-Füchtorf
Harkotten 1

11. Mai 1975

Luigi COLANI bettelt mich an wie ein Hund, der einen Knochen haben will. Schon zum zweiten Mal! Er wohnt in einem SCHLOSS und hält die Hand auf wie ein OBDACHLOSER! Das ist typisch Europa. Dieses Land hätten wir atomisieren sollen und nicht die Staaten Nagasaki und Hiroshima!

⋆

Im März 1976 kam Donald Trump auf die Idee, sich von dem berühmten Maler Norman Rockwell porträtieren zu lassen. Doch Rockwell lehnte den Auftrag ab:

Sehr geehrter Herr Trump:
Da ich weiß, wie Sie aussehen, muss ich Ihnen leider mitteilen, dass ich keine kubistischen Gemälde anfertige.
Mit freundlichen Grüßen
Norman Rockwell

Für Trump war diese Mitteilung ein Rätsel:

30. März 1976

Rockwell will mich nicht malen, weil er nicht »kubistisch« ist. Was zur Hölle will er mir damit sagen?? Es steckt irgendeine Gemeinheit dahinter. Wenn er jetzt hier wäre, würde ich ihm seinen dreckigen Brief in den Rachen stopfen!

⋆

NORMAN ROCKWELL
STOCKBRIDGE
MASSACHUSETTS

March 26, 1976

Dear Mr. Trump:

Since I know what you look like, I regret to inform you that I do not do Cubist paintings.

Sincerely yours,

Norman Rockwell

»Er ist groß, schlank und blond, hat blendend weiße Zähne und ist Robert Redford wie aus dem Gesicht geschnitten. Er fährt in einem silbernen Cadillac mit Chauffeur durch die Stadt, mit seinen Initialen DJT auf dem Nummernschild. Er trifft sich mit verführerischen Models, gehört den elegantesten Clubs an und taxiert sein Vermögen, obwohl er gerade einmal dreißig Jahre alt ist, auf ›mehr als 200 Millionen Dollar‹.«
So porträtierte die »New York Times« Donald Trump am 1. November 1976. Er hätte damit zufrieden sein können, aber in dem Artikel wurde auch ein anonymer »Finanzmann« zitiert, der Trump für »überschätzt« und »absolut unausstehlich« hielt (»overrated« and »totally obnoxious«). Das ließ Trump keine Ruhe:

1. November 1976

Wer ist das dumme Schwein, das mich für »unausstehlich« hält? Wenn ich ihn erwische, mache ich ihn FERTIG. Aber wer es auch sein mag – seine Menschenkenntnis ist LAUSIG. Wie könnte ich Models daten, wenn ich »unausstehlich« wäre?? DIE MÄDCHEN LIEBEN MICH! Und sie HASSEN die verkommenen, schäbigen und bescheuerten SCHEISSKERLE und NEIDHAMMEL, die mir meinen überragenden Erfolg missgönnen!!

⋆

Seit Mitte der siebziger Jahre spielte Trump mit dem Gedanken an die Veröffentlichung seiner Memoiren. Nachdem er im März 1977 auf einer Flugreise den Roman »Lolita« angelesen hatte, versuchte er, den Schriftsteller Vladimir Nabokov als Ghostwriter zu gewinnen. Der aber winkte ab:

Sehr geehrter Herr Trump,
es wäre gewiss eine erquickende Abwechslung, die Lebensgeschichte eines kleinen Immobilienmaklers in eine Form zu bringen, die von der Laufkundschaft der großen Flughafenbuchhandlungen goutiert wird, und ich danke Ihnen verbindlichst für das Anerbieten, mich für die »Schreibarbeit«, wie Sie es nennen, mit zweitausend Dollar zu entlohnen.
Seien Sie mir nicht böse, wenn ich dennoch Abstand davon nehme, Ihrem Wunsch Folge zu leisten. Ich beobachte lieber hochentwickelte Lebewesen aus dem Schmetterlingsreich als die Missgeburten der amerikanischen Mittelschicht.
Mit freundlichen Grüßen
Vladimir Nabokov

Trump sah davon ab, Nabokov umzustimmen, und zog lieber einen Schlussstrich:

30. März 1977

Habe ich es nötig, mich von einem INSEKTENSAMMLER anpinkeln zu lassen? Dieser kleine Herr Nabokov wird noch AUGEN MACHEN, wenn er in zehn Jahren meine Bauten in Manhattan sieht. Neben den Eingängen werde ich Schilder anbringen lassen: »HUNDE UND NABOKOVS MÜSSEN LEIDER DRAUSSEN BLEIBEN!«

*

Kurz und bündig ist ein Brief, den Donald Trump im Februar 1978 von John Wayne erhielt:

Montreux-Palace Hotel
Montreux, Switzerland

March 23, 1977

Donald J. Trump
160 East 65th Street
New York, N.Y. 10065
U.S.A.

Dear Mr. Trump,

It would certainly be a refreshing relief to put the life story of a small real estate agent into a form that would be appreciated by the casual customers of the major airport bookstores, and I thank you most sincerely for offering to pay me two thousand dollars for what you call "paperwork".

Do not be angry with me if I still refrain from complying with your request. I prefer to observe the highly developed creatures of the butterfly kingdom than the miscarriages of the American middle class.

Sincerely yours,

Vladimir Nabokov

Vladimir Nabokov

Lieber Herr Trump:
Aus Gründen, die mir unbekannt sind, haben Sie mir Ihr goldgerahmtes Porträtfoto mit einem Autogramm zukommen lassen.
Ich schicke Ihnen diesen Gegenstand beiliegend zurück, da ich keine Verwendung dafür habe.
Gestatten Sie mir bitte den Hinweis, dass es ausgesprochen ungeschickt ist, Porträtfotos der eigenen Person zu verteilen, wenn man so aussieht, als wäre man in seiner Jugend zu oft vom Pferd gefallen.
Mit freundlichen Grüßen
John Wayne

Was Trump dazu in seinem Tagebuch vermerkte, lässt an Deutlichkeit nichts zu wünschen übrig:

20. Februar 1978

Man nannte ihn THE DUKE. Und jetzt ist John Wayne bloß noch ein keifender alter Mann. Ein HAS-BEEN. Wie JÄMMERLICH! Ein stotternder Jammerlappen auf der Verliererstraße. Seine letzten Filme sind GEFLOPPT. Und die Gesamtbilanz? 144 Leinwandauftritte und nur ein einziger Oscar. Lachhaft! Ich habe mehr Oscar-Gewinnerinnen gedatet, als John Wayne es in zehn Leben könnte. Reite heimwärts, alter Cowboy, und verkriech dich in deinem RATTENLOCH. Wir brauchen dich nicht mehr!!!

⋆

Anfang 1979 wandte sich der Verleger Rupert Murdoch an Donald Trump:

JOHN WAYNE

2686 Bayshore Drive
Newport Beach, California 92663
February 14, 1978

Donald Trump
The Phoenix
160 East 65th Street
New York, N.Y. 10065

Dear Mr. Trump:

For reasons unknown to me, you sent me your gold-framed portrait photo with an autograph.

I am sending this item back to you as I have no use for it.

Please allow me to point out that it is very clumsy to distribute portrait photos of yourself if you look like you fell off your horse too many times in your youth.

Sincerely,

Sehr geehrter Herr Trump,
man kennt Sie als wohlhabenden Mann, der sich nicht nur in der Welt der Wirtschaft auskennt, sondern auch viel vom zarten Geschlecht versteht.
Es wäre uns eine Freude und eine Ehre, wenn Sie für die NEW YORK POST eine Rangliste der besten Peep-Shows in New York erstellen könnten.
Was das Honorar betrifft, sind wir für jeden Vorschlag offen.
Mit freundlichen Grüßen
Rupert Murdoch

Aus Zeitnot konnte Trump auf dieses Angebot nicht eingehen:

12. Januar 1979

Für Murdoch ein paar Miezen begutachten? JA!!! Nur wann, wann, wann? Die Gläubiger bedrängen mich, als wäre ich COLONEL CROCKETT in der SCHLACHT VON WILLIAMSBURG. Habe ich den falschen BERUF?

⋆

Auf Wunsch seiner Ehefrau Ivana begleitete Trump sie im Oktober 1979 zu einer Aufführung von Giuseppe Verdis »Aida« in der Metropolitan Opera, doch er fand kein Vergnügen daran:

29. 10. 1979

Fast vier Stunden artsy-fartsy SCHROTT!!! Schreiende, dicke Weiber und gähnende LANGEWEILE. Habe mir Schwielen gesessen. Und ich hätte in der Zeit MILLIONEN verdienen können!

⋆

212-349-5000

NEW YORK POST

210 SOUTH STREET · NEW YORK, N. Y. 10002

Office of the Publisher

January 9, 1979.

Donald J. Trump,
160 East 65th Street,
NEW YORK. N.Y. 10065.

Dear Mr. Trump,

You are known as a prosperous man who not only knows his way around the world of business, but also understands a lot about the gentle sex.

It would be a pleasure and an honour for us if you could create a ranking of the best peep shows in New York for NEW YORK POST.

As far as the fee is concerned, we are open to any suggestion.

Sincerely,

(Rupert Murdoch).

Das Jahr 1980 begann für Donald Trump mit einem Eklat:

4. Januar 1980

Ein deutscher Journalist ruft mich an: Besitzt angeblich »anzügliche« Fotos von mir und will sie mir verkaufen. Habe mir sofort seinen Boss geben lassen und ihn ZUSAMMENGESTAUCHT, bis er geheult hat wie ein BABY. Der wird sich nicht so schnell wieder aus seiner Wiege wagen!!!

Der »Boss«, den Trump meinte, war der deutsche Zeitungsverleger Axel Springer. Von ihm erhielt er wenig später einen Brief:

Sehr geehrter Herr Trump,

Im Nachgang zu unserem Telefongespräch möchte ich Ihnen noch einmal versichern, dass Sie durchaus keinen Grund haben, meinem Mitarbeiter Horst Fust zu zürnen. Er hat mir den Ablauf der Vorgänge wie folgt dargestellt:

Am vergangenen Donnerstag hat er die in Rede stehenden Fotos erhalten, auf denen Sie in der Gesellschaft einiger Damen zu sehen sind. Nach Rücksprache mit dem Chefredakteur hat er die Entscheidung getroffen, dass sie für eine Veröffentlichung ungeeignet erscheinen. Anschließend hat er Sie fernmündlich von der Existenz dieser Fotos unterrichtet und sich dazu bereiterklärt, sie Ihnen zuzustellen und dabei völlige Diskretion zu wahren. In diesem Zusammenhang hat er Sie um die Erstattung der damit verbundenen Kosten gebeten. Das ist alles.

Es ging also, wie Sie nunmehr leicht einsehen werden, nur um eine ganz normale Aufwandsentschädigung. Herr Fust, an dessen persönlicher Integrität ich keinen Zweifel hege, hat sich bei jedem seiner Schritte an die hohen ethischen Maßstäbe gehalten, die in meinem Unternehmen gelten.

Wie ich Ihnen bereits am Freitag mitgeteilt habe, besteht daher keinerlei Anlass zu gerichtlichen Schritten Ihrerseits.

Axel Springer

1 Berlin 61, 6. Januar 1980
Kochstrasse 50
Tel. (030) 25 91 22 00

Dear Mr. Trump,

Following our telephone conversation, I would like to assure you once again that you have absolutely no reason to be angry with my employee Horst Fust. He described the course of events to me as follows:

Last Thursday he received the photographs in question, in which you can be seen in the company of some ladies. After consultation with the editor-in-chief, he decided that they seemed unsuitable for publication. He then informed you by telephone of the existence of these photos and agreed to send them to you, maintaining complete discretion. In this context, he has asked you for reimbursement of the costs involved. That is all.

So, as you will now easily understand, it was only a matter of a normal expense allowance. Mr. Fust, whose personal integrity I have no doubt, has been guided by the high ethical standards that apply in my company in every step he has taken.

As I told you on Friday, there is therefore no need for you to take legal action.

In order to avoid any new misunderstandings, we will retain the photographs for the time being and refrain from taking legal action on our part, provided you agree to this "Gentlemen's Agreement".

By the way, I am a great friend of the United States. As a publicist I have always made a point of speaking up for your beautiful country. Please do not force me to let the positive image of the United States be tarnished in my newspapers.

In sincere solidarity,

Axel Springer

Um keine neuen Missverständnisse aufkommen zu lassen, werden wir die fotografischen Aufnahmen vorläufig einbehalten und auch unsererseits von gerichtlichen Schritten absehen, sofern Sie mit diesem »Gentlemen's Agreement« einverstanden sind.
Ich bin übrigens ein großer Freund der Vereinigten Staaten. Als Publizist habe ich mich immer wieder für Ihr schönes Land in die Bresche geworfen. Zwingen Sie mich bitte nicht dazu, das positive Bild der USA in meinen Zeitungen mit einem Makel versehen zu lassen.
In aufrichtiger Verbundenheit
Axel Springer

Danach ließen beide Parteien den Fall auf sich beruhen.

*

Eine Nachricht, die Trump Ende Februar 1981 von der Essayistin Susan Sontag erhielt, deutet darauf hin, dass er kurz zuvor mit ihr telefoniert hatte:

Herr Trump,
Sie sind absolut widerwärtig.
Rufen Sie mich nie wieder an.
Susan Sontag

Trump zog seine Folgerungen daraus:

207 East 17 Street
New York, NY 10003

25 February 1981

Mister Trump,

You are absolutely disgusting.
Don't ever call me again.

Susan Sontag

Susan Sontag

27. Februar 1981

Das Miststück Susan Sontag scheint eine LESBE zu sein.

*

»Der Beton für den Trump Tower stammte von S&A Concrete, damals in Besitz zweier New Yorker Mafiafamilien: ›Fat‹ Tony Salerno von der Genovese-Familie und Paul ›Big Paul‹ Castellano von den Gambinos«, heißt es in Michael Kranishs und Marc Fishers Biographie »Die Wahrheit über Trump« (»Trump Revealed«). An dieser Geschäftsbeziehung hatte Trump Gefallen gefunden:

9. Mai 1981

In Greenwich Big Paul und Fat Tony getroffen. Großartige Jungs. Machen keine halben Sachen und gehen über Leichen. Einziger Nachteil: Die beiden lassen einen kaum zu Wort kommen. Sie reden zu viel! Und das in ihrem Gewerbe!!

*

Im Oktober 1982 schrieb Andy Warhol einen Brief an Donald Trump:

Lieber Donald –
Du hast hier am Sonntagabend zwei Mädchen und ein halbes Pfund Schnee vergessen.
Soll ich Dir das alles per Taxi rüberschicken?
Dein Andy

Andy Warhol
242 Lexington ave
New York 16 n y
Murray hill 3 0555

THE DONALD
800 Fifth Ave
New York, NY 10065

10/18/82

Dear Donald -

You left two girls and half a pound of stardust here on Sunday night.

Want me to send them over in a taxi?

Yours,

Andy

In seinen Tagebüchern hat Trump zu diesem Vorgang leider keinen Eintrag hinterlassen.

*

Der italienische Schriftsteller Umberto Eco hatte im Juni 1982 eine Frage auf dem Herzen:

Sehr geehrter Herr Trump,
ein Freund aus New York, der von Ihnen fasziniert ist, hat mir sehr viel über Ihre Geschäfte erzählt, und jetzt bin auch ich von Ihnen fasziniert. Am Ende unseres Gesprächs haben wir uns gefragt, welches Ihr Lieblingsroman sein könnte. Mein Freund tippt auf »Tarzan und die Leopardenmenschen« von Edgar Rice Burroughs, während ich vermute, dass Sie Thomas Wolfes Roman »Schau heimwärts, Engel!« am höchsten schätzen.
Wären Sie so freundlich, uns zu verraten, wer von uns beiden der Wahrheit näherkommt?
Ein frankierter Rückumschlag liegt bei. Ich habe einen halbe Woche damit verbracht, hier in Mailand die passenden Briefmarken aufzutreiben.
Für Ihre Mühe danke ich Ihnen herzlich.
Mit den besten Grüßen
Umberto Eco

Eine Antwort wurde Eco nicht zuteil, und auch in seinem Tagebuch wich Trump der Frage aus:

Umberto Eco via Melzi d'Eril 23 20154 Milano

Milano, 6.6.82

Dear Mr. Trump,

A friend from New York who is fascinated by you told me a lot about your business, and now I am fascinated by you too. At the end of our conversation, we were wondering what your favourite novel would be. My friend taps "Tarzan and the Leopard Men" by Edgar Rice Burroughs, while I suspect that you value Thomas Wolfe's novel "Look Homeward, Angel" the most.

Would you be so kind as to tell us which of us is closer to the truth?

There is a self-addressed stamped envelope enclosed. I spent half a week collecting the right stamps here in Milan.

I thank you very much for your effort.

With best regards,

Umberto Eco

Donald Trump
600 Avenue Z
Brooklyn, N.Y. 11223
USA

13. Juni 1982

ICH HASSE diese kahlköpfigen BRILLENSCHLANGEN, die mich ständig fragen, welche Bücher ich lese. Wer mit zwei Beinen im Leben steht und seine Claims abstecken will, der kann nicht nebenbei auch noch in hundert Bestsellern blättern. Entweder – oder. Und was springt schon dabei raus, wenn man seine Nase in staubige Bücher steckt? Wer ist der bessere Dealmaker – SHEAKSPAERE oder DONALD TRUMP?

*

Weil der Trump Tower an der Fifth Avenue in Manhattan am 30. November 1983 mit möglichst großem Gepränge eingeweiht werden sollte, ließ Donald Trump dazu auch Charles Chaplin einladen und bekam daraufhin einen kurzen Brief von dessen Tochter Geraldine:

Sehr geehrter Herr Trump!
Es ist zweifelhaft, ob mein Vater willens gewesen wäre, die Einladung zur Teilnahme an der Eröffnung Ihres Bauwerks anzunehmen, aber da er bereits vor knapp sechs Jahren verstorben ist, was Sie natürlich nicht wissen können, da Sie in einer anderen Welt als wir Normalsterbliche leben, erübrigt es sich, über diese Frage zu grübeln.
Von Beileidsbekundungen bitte ich abzusehen.
Hochachtungsvoll
Geraldine Chaplin

Der entsprechende Tagebucheintrag ließ nicht lange auf sich warten:

GERALDINE CHAPLIN

October 7th, 1983

Donald Trump
c/o The Trump Organization
725 Fifth Avenue
New York, N.Y. 10022
U.S.A.

Dear Mr Trump:

It is doubtful whether my father would have been willing to accept the invitation to participate in the opening of your building, but since he died almost six years ago, which of course you cannot know since you live in a different world than us ordinary mortals, it is unnecessary to brood about this question.

I would ask you to refrain from expressing statements of condolences.

Respectfully yours,

11. Oktober 1983

Ein gehässiger Brief von der Chaplin-Schnepfe GERALDINE. Hält sich für etwas Besseres, obwohl sie nur in Heulsusen-Filmen mitgespielt hat. KEIN EINZIGER OSCAR! Null Talent und kein Fleisch auf den Rippen. Wer hat diese Vogelscheuche überhaupt nach ihrer Meinung gefragt???

⋆

Die Korrespondenz zwischen Donald Trump und dem Comiczeichner Robert Crumb ist sehr kurz. Sie besteht nur aus einer einzigen Postkarte, die Crumb verfasste, nachdem er im Dezember 1983 in New York gewesen war:

Könnten Sie bitte von Ihrem hässlichen Scheißturm herunterspringen?
Danke!!
Robert Crumb

In Trumps Tagebüchern ist dazu nichts vermerkt.

⋆

Zu einer unschönen Szene kam es, als Donald Trump im Januar 1984 in dem Restaurant Pavillon de France im Epcot Center im Walt-Disney-Park in Orlando, Florida, mit einem Kellner in Streit geriet. Paul Bocuse, einer der Eigentümer des Restaurants, richtete danach einen Brief an Trump:

DONALD TRUMP
TRUMP TOWER
725 5TH AVENUE
NEW YORK
N.Y. 10022

DECEMBER 6TH, 1983

COULD YOU PLEASE JUMP OFF YOUR UGLY FUCKIN' TOWER?

THANKS!!

R. Crumb

Sehr geehrter Herr Trump!
Lassen Sie mich bitte kurz rekapitulieren, was vorgefallen ist. Sie haben im Pavillon de France in Orlando das folgende Menü bestellt:
Escalope de foie gras de canard poêlée, sauce passion;
Soupe aux truffes noires V. G. E.;
Filet de sole Fernand Point;
Granité des vignerons du Beaujolais;
Volaille de Bresse en vessie »Mère Fillioux«;
Sélection de fromages frais et affinés »Mère Richard«;
Délices et gourmandises;
Petits fours et chocolats.
Entgegen den Empfehlungen des Oberkellners haben Sie dazu eine Diät-Cola trinken wollen, und weil Ihnen dieses barbarische Getränk verweigert worden ist, haben Sie einen Teller zu Boden geworfen und Kraftausdrücke von sich gegeben, deren Wiederholung sich unter gesitteten Menschen verbietet.
Ich entziehe Ihnen hiermit das Recht, jemals wieder eines meiner Restaurants zu betreten. Sollten Sie gegen diese Anordnung verstoßen, sehen wir uns vor Gericht wieder.
Mit herzlichen Grüßen
Paul Bocuse

Trump hatte nicht die Absicht, dieser Anordnung zuwiderzuhandeln:

29. Januar 1984

Wenn der Holzkopf Paul Bocuse in seinen kühnsten Träumen davon ausgeht, dass ich mir noch einmal seinen Fraß servieren lasse, liegt er schief. Er wird nicht MICH boykottieren, sondern ICH werde IHN boykottieren. Du bist TOT, PAUL BOCUSE!

⋆

Monsieur Donald J. Trump
725 Fifth Avenue
New York, N.Y. 10022
ÉTATS-UNIS

Cher Monsieur Trump!

Please let me recapitulate briefly what happened. In the Pavillon de France in Orlando, you ordered the following menu:

Escalope de foie gras de canard poêlée, sauce passion;
Soupe aux truffes noires V.G.E;
Filet de sole Fernand Point;
Granité des vignerons du Beaujolais;
Volaille de Bresse en vessie "Mère Fillioux";
Sélection de fromages frais et affinés "Mère Richard";
Délices et gourmandises;
Petits fours et chocolats.

Contrary to the recommendations of the maître d', you wanted to imbibe a diet coke with it, and because you were denied this barbaric drink, you threw a plate on the floor and used strong expressions, the repetition of which is forbidden among civilized people.

I hereby deprive you of the right to ever set foot in one of my restaurants again. If you violate this order, I'll see you in court.

Cordialement,

PAUL BOCUSE.

Collonges, le 24 janvier 1984.

Paul Bocuse

Paul BOCUSE · 69 Collonges-au-Mont-d'Or, France · Tél. (78) 47-00-14 · 47-00-15

Nachdem er im März 1984 den für das Schachspiel geeigneten neuen Supercomputer Cray X-MP erworben hatte, wollte Donald Trump sich mit dem einstigen Schachweltmeister Bobby Fischer messen und forderte ihn zu einer Partie Fernschach heraus. Doch darauf fiel Fischer nicht herein:

Sehr geehrter Herr Trump:
So wie fast jeder Spaziergänger, dessen Blick einmal auf schmutzige Zeitungsblätter gefallen ist, die im Rinnstein liegen, weiß ich, wer Sie sind. Völlig neu ist mir allerdings der Umstand, dass Sie dem Schachsport frönen.
Warum versuchen Sie es nicht erst einmal mit Dosenwerfen? Wenn Sie darin so richtig fit sind (also in schätzungsweise sechshundert Jahren), werde ich noch einmal über Ihren Vorschlag nachdenken.
Mit freundlichen Grüßen
Bobby Fischer

Aus guten Gründen mutmaßte Trump, dass diese Zeilen einen versteckten Vorwurf enthielten. In seinem Tagebuch keilte er zurück:

26. März 1984

Eines Morgens, das schwöre ich bei Gott, wird Bobby Fischers aufgeblähte Wasserleiche im Hudson River treiben. Er ist eine KRÖTE. Hat er nicht gegen einen RUSSEN verloren?? Sein Eröffnungsspiel ist das SCHLECHTESTE, seit die alten Griechen das Schachspiel entdeckt haben. Das sagen Fachmänner, viele Fachmänner, bei weitem die meisten Fachmänner, mit denen ich gesprochen habe. Ein paar von ihnen sagen etwas anderes, aber die meisten stimmen mir darin zu, und ALLE WISSEN ES. Alle?? ALLE!!

⋆

P.O. Box 50307
Pasadena, CA 91105
March 22, 1984

Donald J. Trump
725 5th Avenue
New York City, NY 10022

Dear Mr. Trump:

Like any drifter who has ever noticed dirty newspaper lying in the gutter, I know who you are. What is completely new to me, however, is the fact that you indulge in chess.

Why not try throwing cans first? If you get really good at it in an estimated six hundred years I will think again about your suggestion.

Truly yours,

R. J. Fischer

Bobby Fischer,
The World Chess Champion

Im September 1985 erhielt Donald Trump einen Brief von Cary Grant:

Lieber Herr Trump:
Wegen eines Buchungsfehlers meiner Sekretärin habe ich in Atlantic City eine Nacht in Ihrem Hotel Trump Plaza verbringen müssen. Um der Wahrheit die Ehre zu geben, möchte ich Ihnen gern meine Eindrücke schildern.
Es handelt sich um das ordinärste, großmannssüchtigste, scheußlichste und pompöseste Stück Architektur, das ich jemals erblickt und durchschritten habe. Nahezu jedes Detail der überambitionierten Innenausstattung deutet darauf hin, dass der verantwortliche Bauherr sein Gehirn versehentlich in Salzsäure aufgelöst haben muss.
Wäre ich ein neureicher Dämlack, hätte ich mich in meiner Suite pudelwohl gefühlt.
Es mag zwar sein, dass Sie genau solche Gäste anlocken möchten, und es liegt mir fern, Ihren persönlichen Geschmack in Zweifel zu ziehen, aber es würde mich freuen, wenn Sie so liebenswürdig wären, nicht auch noch den Rest unseres Landes mit Gebäuden dieser Art zu verschandeln.
Mit freundlichen Grüßen
Cary Grant

Kurz darauf vertraute Trump seinem Tagebuch an, was er von Grant hielt:

1. August 1985

Cary Grant stänkert. Habe ihn in »Casablanca« gesehen. Schlechter, sehr schlechter Schauspieler. UN-AMERIKANISCH! Hat er nicht sogar mit den Kommunisten sympathisiert??

⋆

CARY GRANT

27th September, 1985.

Dear Mr. Trump:

Due to a booking error by my secretary, I had to spend a night in your Hotel Trump Plaza in Atlantic City. In order to honor the truth, I would like to tell you about my impressions.

It is the most vulgar, most sophomoric, most hideous and pompous piece of architecture that I have ever seen and passed through. Almost every detail of the over-ambitious interior indicates that the responsible developer must have accidentally dissolved his brain in an acid bath.

If I were a noveau riche jerk, I would have felt very comfortable in my suite.

It may be that you want to attract exactly such guests, and I do not doubt your personal taste, but I would be glad if you could be so nice not to disgrace the rest of our country with any other building of this kind.

Sincerely,

Cary Grant

L. Ron Hubbard, der Gründer von Scientology, sandte Trump im November 1985 eine unerfreuliche Nachricht:

Sehr geehrter Herr Trump,
nachdem wir Ihre Testergebnisse ausgewertet haben, müssen wir Ihnen leider mitteilen, dass Sie nicht intelligent genug sind, um der Scientology-Kirche beitreten zu können.
Alles Liebe
L. Ron Hubbard

Für Trump war das eine bittere Pille:

10. November 1985
Wenn Hubbard sich für schlauer hält als mich, gehört er in die Klapsmühle. Mit seiner sogenannten Kirche bin ich FERTIG!

*

Sieben Tage danach zog Trump eine zufriedenstellende Wochenbilanz:

17. November 1985
Explodierende UMSÄTZE, haufenweise SILBERSTREIFEN am Horizont – und als Krönung das SATURDAY NIGHT FEVER im Studio 54. Ich und Ivana von Mitternacht bis vier Uhr morgens im MITTELPUNKT. Im AUGE DES STURMS, wettergeographisch gesehen. Und ich habe DREISSIG Autogramme gegeben!!!

L. Ron Hubbard

5 November 1985

Donald Trump
Trump Plaza Hotel
2500 Boardwalk
Atlantic City, New Jersey 08401

Dear Mr Trump,

After we have evaluated your test results, we unfortunately have to inform you that you are not intelligent enough to join the Church of Scientology.

Love,

L. RON HUBBARD

Mark Fleischman, der damalige Besitzer der New Yorker Diskothek Studio 54, war mit dem Verlauf des Wochenendes nicht so glücklich, und das teilte er Trump auch unverzüglich mit:

Sehr geehrter Herr Trump:
Aufgrund Ihres ungebührlichen und ordinären Betragens in der Nacht von Sonnabend auf Sonntag erteile ich Ihnen und Ihrer Frau hiermit ein unbefristetes Hausverbot.
Mit freundlichen Grüßen
Mark Fleischman

Trump verstand die Welt nicht mehr:

22. November 1985

Mick Jagger hat an dem Abend im Studio 54 GEHASCHT, und Madonna hat sich auf der Herrentoilette AUSGEZOGEN! Und ich und Ivana werden jetzt RAUSGESCHMISSEN?? Das ist dein gesellschaftlicher TOD, Mark Fleischman. In zwei Jahren wird NIEMAND mehr über dich sprechen!!!

*

Carl Barks, der legendäre Zeichner der Geschichten aus Entenhausen, war ein scheuer Mensch, doch im September 1986 trat er brieflich mit einer Frage an Donald Trump heran:

Sehr geehrter Herr Trump:
Sie sind ein vielbeschäftigter Mann, und ich störe Sie nur ungern. Doch es gibt da eine Frage, die mich umtreibt.
Sie wissen sicherlich, dass Donald Duck ein armer Schlucker ist, während sein Onkel Dagobert in Reichtümern schwelgt. Wäre es

STUDIO 54

DONALD J. TRUMP
THE TRUMP ORGANIZATION
721-725 5TH AVENUE
NEW YORK, N.Y. 10022

NOVEMBER 19, 1985

DEAR MR. TRUMP:

DUE TO YOUR IMPROPER UND VULGAR BEHAVIOUR IN THE NIGHT FROM SATURDAY TO SUNDAY, I HEREBY BAN YOU AND YOUR WIFE FROM THE CLUB FOR AN UNLIMITED PERIOD.

SINCERELY,

MARK FLEISCHMAN

254 WEST 54TH STREET NEW YORK, NEW YORK 10019

CARL BARKS
CARTOONIST
(714) 676-4627
31130 S. General Kearney Road (Space 119) • P.O. Box 36 • Temecula, CA 92390

Sep. 17, 1986

Donald Trump
725 Fifth Ave.
New York, N. Y. 10022

Dear Mr. Trump:
You're a busy man, and I hate to disturb you. But there is one question that's been bothering me.
Surely you know that Donald Duck is a poor wretch while his uncle Scrooge McDuck wallows in riches. So wouldn't it be better for all of us if you would change your name to Scrooge McTrump?
Sincerely,

Carl Barks

Calvin Klein

July 5, 1986

Mr. Donald J. Trump
725 5th Ave
New York, NY 10022

Dear Mr. Trump:

On the whole, the world will probably never be changed, but I believe that we can do minor cosmetic repairs on it. So please allow me to make the following comment: your ties are too long.

Sincerely,

Calvin Klein

CK: jp

daher nicht besser für uns alle, wenn Sie sich in Dagobert Trump umbenennen könnten?
Mit freundlichen Grüßen
Carl Barks

Trump überging dieses Ansinnen mit Schweigen.

★

Aus heiterem Himmel traf im Juli 1986 ein Brief des Modedesigners Calvin Klein im Trump Tower ein:

Sehr geehrter Herr Trump:
Im Großen und Ganzen wird die Welt sich vermutlich niemals ändern lassen, aber ich glaube, dass wir kleine Schönheitsreparaturen an ihr vornehmen können. Gestatten Sie mir daher bitte die folgende Bemerkung: Ihre Schlipse sind zu lang.
Mit freundlichen Grüßen
Calvin Klein

Darüber konnte Trump nicht lachen.

8. Juli 1986

Was gehen den Gecken Calvin Klein meine Schlipse an?? Er ist nur ein kleiner UNTERHOSENFABRIKANT aus der BRONX!!! Wenn er noch einmal das Maul aufreißt, werde ich ihn ZERMALMEN.

★

Im Oktober 1986 wurde Donald Trump die Ellis Island Medal of Honor für Patriotismus, Toleranz, Brüderlichkeit und Multikulturalität verliehen. Zu dem Festakt hatte er auch den in New York ansässigen Rockstar Tom Waits eingeladen, aber einen negativen Bescheid von ihm erhalten:

SEHR GEEHRTER HERR TRUMP:
Ungespültes Geschirr, Wasserstoffbomben, schwärzliche Staubflusen zwischen meinen Zehen, Zahnarzttermine, Taubenkot und die Super Supreme Pizza von Pizza Hut stehen weit oben auf der Liste der Dinge, die mich deprimieren. An der Spitze steht unangefochten der schauerliche architektonische Grabstein, den Sie an der Fifth Avenue bewohnen.
Wenn Sie glauben, dass ich mich von meinem Barhocker erhebe, um dabei zuzusehen, wie Sie sich eine Ehrenmedaille umhängen lassen, müssen Sie an einer äußerst schweren Form der Gehirnerweichung leiden.
Gute Besserung.
Tom Waits

Trump war diese Feindseligkeit unerklärlich:

11. Oktober 1986

Kein anderer Amerikaner hat jemals mehr für Tom Waits getan als ich. Ohne meine Fürsprache bei den besten und größten Musikproduzenten des Landes wäre er bereits in den frühen Siebzigern ABGENIPPELT. Weiß er das nicht mehr? Oder will er das nicht mehr wissen, weil er sich lieber als SELFMADEMAN sieht?? Er trägt die Nase sehr hoch, aber sie ragt nicht einmal über meine Schuhsohlen hinaus.

⋆

133 West 14 th Street
New York, New York 10011
October 7, 1986

DEAR MISTER TRUMP:

Unwashed dishes, hydrogen bombs, blackish fluffs of dust between my toes, dentist appointments, pigeon droppings and Pizza Hut's Super Supreme Pizza are high on the list of things that depress me. At the top of this list is undisputedly the gruesome architectural tombstone you inhabit on Fifth Avenue.

If you think I am going to get up from my bar stool to watch you receive a medal of honour, you must be suffering from an extremely severe form of brain softening.

Get well soon.

Tom Waits

»Wenn Donald Trump quiekt wie ein angestochenes Schwein, dann muss ich etwas richtig gemacht haben«, sagte New Yorks Bürgermeister Ed Koch im Mai 1987 gegenüber der »New York Times«, nachdem es monatelange Auseinandersetzungen zwischen ihm und Trump gegeben hatte. In dessen Tagebuch kam Koch daher schlecht weg:

29. Mai 1987

Irgendwann werde ich Ed Koch an seinen eigenen Gedärmen an den Schrägseilen der Brooklyn Bridge aufhängen und die schönsten Fotos davon als Postkarten verkaufen. Eintausend Stück werde ich persönlich signieren, und jede einzelne dieser Karten wird mehr wert sein, als Koch in seinem ganzen Leben verdient hat!!

⋆

»Superman IV: The Quest for Peace« gilt unter Kennern als einer der schlechtesten Spielfilme aller Zeiten, aber Donald Trump war hingerissen:

24. Juli 1987

SUPERMAN gegen LEX LUTHOR und NUCLEAR MAN!! Ein KOSMISCHES Ringen. Kämpfe auf der Chinesischen Mauer, in der Stratosphäre und sogar auf dem Mond. Unglaubliche Spezialeffekte! Das stärkste Stück Kino seit BEN HUR. Und dazu die süße Mariel Hemingway als Lacy Warfield. Die würde ich gern mal KNALLEN!!!

⋆

»Die Geschmacklosigkeit dieses Mannes ist ebenso groß wie seine Schamlosigkeit«, schrieb der Literaturkritiker Jonathan Yardley im Dezember 1987 in seiner Besprechung von Trumps Buch »The Art of the Deal« in der »Washington Post«. »Seine Gebäude, jedes für sich, sind Denkmäler seiner selbst und der Prahlerei eines Parvenüs. Der rosafarbene Marmor im Atrium des Trump Towers mit den ›eleganten‹ polierten Messingbeschlägen weist mit nichts anderem eine größere Ähnlichkeit auf als mit der Toilette in einem teuren Bordell; im architektonischen Stil suchen Trumps Gebäude allesamt nicht zu gefallen oder zu bereichern, sondern durch die schiere Wucht ihrer aggressiven Hässlichkeit zu blenden und einzuschüchtern.«
Für Trump stand fest, dass Yardley ihn beneidete:

2. Dezember 1987

Dieser kleine Schreiberling Yardley – wie hoch wird sein Jahreseinkommen sein? Ich wette, dass es nicht einmal dafür ausreicht, einen Tag lang auch nur einen einzigen KUBIKZENTIMETER im Trump Tower zu mieten. Die Kanalratte Yardley vegetiert wahrscheinlich in einem von Kakerlaken überrannten SCHUHKARTON. Und darin kann er von mir aus KREPIEREN.

*

Im Januar 1988 verspottete die New Yorker Satirezeitschrift »Spy« Donald Trump als »Protz mit kurzen Fingern« (»short-fingered vulgarian«). Dieses Etikett wurde er nie mehr los, obwohl er etwas dagegen zu tun versucht hatte:

13. Januar 1988

Habe mir zwei Fingerhanteln aus Japan kommen lassen. Durch die Workouts sollen die Hände muskulöser und die Finger länger werden, aber das ist HUMBUG. Zehn Minuten lang hab ich's probiert! Ergebnis: SCHMERZEN in beiden Händen, und die Finger sind keinen Millimeter länger geworden (habe nachgemessen). So betrügen uns die Japsen!

⋆

Als Präsidentschaftskandidat würde er die Wahlen gewinnen, denn er gewinne immer, verkündete Donald Trump im April 1988 in der »Oprah Winfrey Show«. Das veranlasste einen Zuschauer, ihm einen persönlichen Brief zu schreiben:

Lieber Donald,
hiermit nehme ich alles zurück, was ich früher über Dich gesagt habe.
Du solltest Dich einmal selbst im TV sehen. Ich sage Dir, was Du dann erblicken würdest: ein aufgeplustertes, selbstgefälliges Großmaul mit einem Spatzenhirn. Wenn Du jemals das Weiße Haus erobern solltest, wird Amerika vor die Hunde gehen.
Hochmut kommt vor dem Fall.
Richard Nixon

Damit hatte Trump einen politischen Bundesgenossen verloren, aber eine Einsicht gewonnen:

27. April 1988

Wenn Tricky Dick Nixon sich mit mir anlegen will, dann braucht er erst mal eine Frischzellentherapie. Aber dafür ist er schon

RICHARD NIXON

25 April, 1988

26 FEDERAL PLAZA
NEW YORK CITY

Dear Donald,

I hereby take back everything I said about you before.

You should see yourself on TV sometime. I'll tell you what you'd see then: a puffed-up, smug loudmouth with a pea brain. If you ever get to the White House, America will go to the dogs.

Pride goes before a fall.

Mr. Donald Trump

VIEL ZU SENIL, der alte LURCH. Das Geheimnis meiner Vitalität ist SEX. Wann hat Nixon zum letzten Mal Sex gehabt? 1927 in der Fullerton Union High School!!

⋆

Am 27. Juni 1988 fand in Atlantic City der Boxkampf zwischen Michael Spinks und Mike Tyson statt. Trump hatte Millionen in diese Veranstaltung investiert und zahlreiche Ehrengäste eingeladen. Zu ihnen gehörte auch der Schauspieler Jack Nicholson, doch dessen Dankbarkeit hielt sich in Grenzen, wie Trump einem Brief entnehmen konnte, der ihn ein paar Tage später erreichte:

Sehr geehrter Herr Trump!
Es dauerte 91 Sekunden, bis Spinks k. o. ging, aber sieben Stunden, bis ich von Ihrer Gesellschaft erlöst wurde. Ich wünschte, es wäre umgekehrt gewesen.
Herzlichst Ihr
Jack Nicholson
PS: Wenn man so wenig vom Boxsport versteht wie Sie, sollte man lieber über Minigolf reden.

Trump war außer sich:

3. Juli 1988

NIE WIEDER werde ich DEN GROTTENSCHLECHTEN SCHAUSPIELER NICHOLSON in meiner Nähe dulden. Er ist blind für WAHRE GRÖSSE. Von mir hätte er mehr übers Boxen lernen können als selbst von Muhammad Ali!!!

⋆

JACK NICHOLSON

Donald J. Trump
721-725 Fifth Avenue
New York, New York 10020

June 30, 1988

Dear Mr Trump!
It took 91 seconds for Spinks to go down, but seven hours for me to be released from your company. I wish it had been the other way around.
Sincerely yours,

PS: Anyone who knows as little about boxing as you do should rather talk about miniature golf.

Anfang April 1989 besuchte Trump in der Avery Fisher Hall ein Konzert der New Yorker Philharmoniker. Dargeboten wurde Gustav Mahlers Auferstehungssinfonie. Der Dirigent Leonard Bernstein setzte danach einen Brief an Trump auf:

Sehr geehrter Herr Trump:
Es ist kein Verbrechen, Gustav Mahler nicht zu mögen. Verbrecherisch aber ist es, in einem Konzertsaal das Missfallen an Mahlers Musik durch lautes Schnaufen, Ächzen und dümmliche Zwischenrufe kundzutun.
Glauben Sie mir: Vor einem Fernsehgerät sind Sie viel besser aufgehoben. Dort können Sie auch nach Herzenslust rülpsen, wenn Ihnen das Programm nicht zusagen sollte.
Mit freundlichen Grüßen
Leonard Bernstein

Trump ließ das relativ kalt:

7. April 1989

Leonard Bernstein und seine Schweinekapelle können mich KREUZWEISE mit ihrer europäischen Katzenmusik. Noch so eine Unverschämtheit, und ich werde die Avery Fisher Hall kaufen und ABREISSEN LASSEN. Kostet mich nur ein Lächeln, Herr Bernstein!

*

Im Juli 1989 forderte Trump die Formel-1-Legende Niki Lauda zu einem privaten Rennen auf dem Sebring International Raceway in Florida heraus und wurde abschlägig beschieden:

LEONARD BERNSTEIN
NEW YORK, N. Y. 10019
205 WEST 57TH STREET

April 5, 1989

Dear Mr. Trump:

It's no crime not to like Gustav Mahler. But it is criminal to express dislike of Mahler's music in a concert hall with loud panting, groaning and silly interjections.

Believe me: you are much better off in front of the TV. There you can even burp to your heart's content if the program doesn't suit you.

Sincerely,

Leonard Bernstein

Sehr geehrter Herr Trump!
Die Idee, dass zwei alte Männer wie wir zu einem Automobilrennen antreten sollten, ist absurd.
An Ihrer Stelle würde ich baldmöglichst einen Gehirnspezialisten aufsuchen.
Mit freundlichen Grüßen
Niki Lauda

Für Trump war das Rennen damit entschieden, bevor es begonnen hatte:

22. Juli 1989

LAUDA KNEIFT!! Das sieht ihm ähnlich. Er hat Angst, mal wieder einen Unfall zu bauen. Auf der Piste hätte er sowieso nur meine qualmenden Hinterreifen gesehen …

⋆

Am 18. Februar 1990 erschien das Klatschblatt »New York Post« mit dem Aufmacher: »BEST SEX I'VE EVER HAD« – ein Zitat, das der Schönheitskönigin Marla Maples zugeschrieben wurde. Mit diesen Worten habe sie, so hieß es, Trumps Liebeskunst gerühmt, und die Redaktion schrieb: »Dass Donald Trump in der Vorstandsetage ein Tiger ist, haben wir schon immer gewusst, aber jetzt wissen wir, dass er auch im Schlafzimmer eine Raubkatze ist.«
Das erbaute Trump:

18. Februar 1990

Meine Nächte mit Marla machen SCHLAGZEILEN. Nelson Mandela freigelassen? Reinhold Messner kehrt vom Südpol zu-

Niki Lauda

Piloto de carreras

Thalgau, den 17. Juli 1989

Dear Mr. Trump!

The idea that two old men like us should enter an automobile race is absurd.

If I were you, I'd see a brain specialist as soon as possible.

Sincerely,

NIKI LAUDA

rück? Das Vereinigte Königreich und Argentinien nehmen ihre diplomatischen Beziehungen wieder auf? Alles kalter Kaffee. MEIN SEX MIT MARLA BEHERRSCHT DIE TITELSEITEN!! GEHT ES ÜBERHAUPT NOCH HÖHER HINAUF??

*

Jeder erfolgreiche Mensch habe ein sehr großes Ego, erklärte Donald Trump in einem Interview mit dem »Playboy«, das im März 1990 erschien. Der »Playboy« hakte nach: »Jeder erfolgreiche Mensch? Mutter Teresa? Jesus Christus?« Und Trump antwortete: »Viel größere Egos, als Sie je begreifen werden.«
Das kam der in Kalkutta tätigen Ordensschwester Mutter Teresa zu Ohren, und sie nahm es zum Anlass für einen Bittbrief an Trump:

Sehr geehrter Herr Trump,
man erzählt mir, dass Sie von meiner Arbeit für die Armen und die Leprakranken in Indien Kenntnis genommen haben. Das freut mich.
Man hat mir auch von Ihrem märchenhaften Reichtum erzählt. Möchten Sie davon nicht etwas abgeben?
Eine milde Gabe aus Ihren gesegneten Händen wäre eine sehr große Hilfe für die darbenden Menschen, deren Pflege ich mein Leben geweiht habe.
Haben Sie vielen Dank für Ihre Großmut, Ihre Herzensgüte und die Nächstenliebe, mit der Sie handeln, wenn Sie auf meine unbescheidene Bitte eingehen.
Ich bete für Ihr Seelenheil und das Gedeihen Ihres großen Unternehmens.
Möge Gott Sie behüten!
Mutter Teresa

+LDM
10th March, 1990

MISSIONARIES OF CHARITY
54/A, A. J. C. Bose Road,
Calcutta - 700016. India

Dear Mr. Trump,

I am told that you have taken note of my work for the poor and lepers in India. I am pleased to hear that.

I have also been told of your fabulous riches. Would you like to share some of it?

A mild gift from your blessed hands would be a great help to the needy people whose care I have dedicated my life to.

Thank you very much for your generosity, your goodness of heart and the charity with which you act when you respond to my humble request.

I pray for your salvation and the success of your great enterprise.

May God protect you!

M. Teresa MC

So leicht ließ Trump sich aber nicht aus der Reserve locken:

22. März 1990

Guter Gott! MUTTER TERESA baggert mich an! Wieder so eine Frau, die nichts von WIRTSCHAFT versteht. Zu wem sollen die vier Milliarden Inder denn noch aufblicken, wenn ich mein ganzes Geld an sie verschenke?? Wem sollen sie dann noch nacheifern???

*

Zur Feier der Eröffnung seines Spielcasinos Trump Taj Mahal in Atlantic City am 2. April 1990 lud Trump neben vielen anderen Prominenten aus Politik, Wirtschaft, Showbiz und Sport auch Marlon Brando ein. Wenn es nach Trump gegangen wäre, hätte Brando die Gäste dort in einer Galauniform als »Chefportier« überraschen und begrüßen sollen, aber dieser Plan zerschlug sich, als Brandos Antwort eintraf:

Herr Trump,
wir alle haben unsere Träume. Ich zum Beispiel träume davon, in klarem Wasser einen Schwarm Segelfalterfische vorüberschwimmen zu sehen. Sie hingegen träumen davon, in Ihrem neuen Casino einem Haufen Idioten das Geld aus der Tasche zu ziehen und sich im Abglanz der Mafiosi zu sonnen, die Sie anlocken wollen.
So unterschiedlich können Menschenträume sein.
Was Ihr Vorhaben betrifft, mich als goldbetressten Hampelmann zu engagieren, muss ich Ihnen die betrübliche Mitteilung machen, dass ich am 2. April 1990 leider verhindert bin. Aber

MARLON BRANDO

March 14, 1990

Donald Trump
Trump Taj Mahal
1000 Virginia Avenue and Boardwalk
Atlantic City, N.J. 08401

Mr Trump,

We all have our dreams. I, for example,am dreaming of watching a school of sixspine butterfly fish swim by in clear water. You, on the other hand, are dreaming of pulling money out of the pockets from a bunch of idiots in your new casino and basking in the glow of the mobsters you want to attract.

Human dreams can be so different.

As for your plan to engage me as a gold-plated puppet, I have to inform you that I am unfortunately unable to attend on April 2, 1990. But perhaps someone from the Ku Klux Klan can fill in for me.

Appreciatively,

vielleicht kann ja jemand vom Ku-Klux-Klan für mich einspringen.
Mit bestem Dank
Marlon Brando

Trump verzichtete auf eine briefliche Erwiderung und machte seiner Erbitterung nur in seinem Tagebuch Luft:

17. März 1990

Sieht irgendwer lächerlicher aus als der arrogante FETTSACK MARLON BRANDO auf seinem Atoll im Pazifik? Hat da eine Hippie-Haschkommune gegründet, wie man hört. Ich wollte ihn noch einmal groß herausbringen, aber er kann nur noch lallen. Pech für ihn. Er wird ABSTINKEN, und ich werde ihm keine Träne nachweinen.

⋆

Im April 1990 schrieb das Magazin »Spy« über Trump, er sei ein »Ehefrauen entsorgender Atlantic-City-Kraftmensch« (»wife-dumping Atlantic City strongman«), doch das bekümmerte ihn nicht. Im Gegenteil – genau so wollte er gesehen werden:

2. April 1990

JEDER Mann in meinem Alter will doch seine Ehefrau entsorgen und sie gegen ein jüngeres Modell mit einem moderneren Fahrgestell eintauschen. IST DAS NICHT DER AMERIKANISCHE TRAUM??

⋆

Über die saudi-arabische Botschaft in Washington leitete Osama Bin Laden Donald Trump Ende Juni 1990 in Verbindung mit einer Visitenkarte eine Botschaft in gebrochenem Englisch zu. [Anmerkung der Übersetzerin: Hier folgt eine Version in gebrochenem Deutsch.]

Werter TRUMP.
Wenn großer Finanzier können investieren in Familienunternehmen lange Tradition. Saudi-Arabien ist der Markt.
Einigkeit des Kampfes gegen Sowjetunion zwischen USA war Bedingung. Hier gutes Potential für Einsatz von Geld zur Vermehrung im gemeinsamen Kampf gegen Ungläubige und Kommunisten. Kapital ist mit Zinsen für Steigerung in großer Höhe zu 30 bis 85 Prozent in kurzer Zeit.
Kommen Sie in den Markt! Hier zu investieren in Waffen für Schlacht und Verkauf an die Freunde in Afghanistan.
Sie melden.
Osama Bin Laden

Trump ließ Osama Bin Laden über die saudi-arabische Botschaft eine informelle Antwort zukommen:

Sehr geehrter Herr Osama:
Sie haben mein Interesse geweckt.
Rufen Sie mich an?
Mit besten Grüßen
Donald J. Trump

Es hätte der Beginn einer wunderbaren Freundschaft werden können, aber Osama Bin Laden meldete sich nicht mehr, und Trump fehlte die Zeit:

Dear TRUMP.

When large financier can invest in family business long tradition. Saudi Arabia is the market.

Unity of the fight against Soviet Union between USA was a condition. Here good potential for use of money for multiplication in the common fight against infidels and communists.

Capital is with interest for increase in great height to 30 to 85 percent within short period.

Come into the market! Here to invest in weapons for battle and sale to friends in Afghanistan.

You report.

Embassy of the Kingdom of Saudia Arabia

Mr Osama Bin Laden

601 New Hampshire Avenue, NW

Washington, DC 20037

06/30/1990

Dear Mr Osama:

You have aroused my interest. Can you give me a call?

Best personal wishes,

Donald J. Trump

1. Juli 1990

Habe telefonische Erkundigungen über Osama eingezogen. Schwerreicher Mann. Orientalischer GELDADEL. Neue GOLDADER? Soll ich ihm noch einmal schreiben? Ivana sagt: NEIN, NICHT JETZT. Hat Reisepläne für den Unabhängigkeitstag. Frauen …

⋆

Der Schriftsteller Charles Bukowski schickte Trump im September 1990 einen Leserbrief:

Herr Trump!
Gerade habe ich in meiner guten alten Badewanne Ihr Buch »Surviving at the Top« ausgelesen, und ich gebe offen zu: Ich habe mich nur selten in meinem Leben so gut amüsiert.
Wir haben ja alle unsere kleinen Fehler. Auch ich bin kein Superheld. Ich weiß das, denn ich bin oft genug in meiner Kotze aufgewacht und manchmal auch in der von flüchtigen Bekannten aus dem Pink Elephant Liquor Store oder meinem alten Stammlokal Ye Rustic Inn.
Erst aus Ihrem Buch habe ich gelernt, dass es menschliche Kreaturen gibt, die noch tief unter mir stehen. Kreaturen wie Sie, die öffentlich auf ihr eigenes Spiegelbild wichsen.
Danke, Mister Trump! Sie haben mir dabei geholfen, meine Selbstachtung wiederzugewinnen.
Bleiben Sie gesund!
Charles Bukowski

Diese Schmähung scheint Trump schwerer getroffen zu haben, als er es wahrhaben wollte:

9/12/92 11:21 PM

Mister Trump!

I just finished reading your book in my good old bathtub, and I admit frankly I've rarely had such a good time in my life.

We all have our little faults. I'm not a superhero either. I know that, because I've woken up often enough in my barf and sometimes in that of fleeting acquaintances from the Pink Elephant Liquor Store or my old favourite pub Ye Rustic Inn.

Only from your book did I learn that there are human creatures who are even lower than I. Creatures like you, who jerk off publicly to their own reflection.

Thank you, Mister Trump. You've helped me regain my self-respect.

Keep well!

15. September 1990

Ein BUKOWSKI kann mich nicht beleidigen. Sein Marktwert ist niedrig. Sehr niedrig. Kein Pulitzer-Preis. Und für wen spricht er? Für die Jugend? Nein. Er ist ein versoffenes WRACK. Wenn ich mehr Zeit hätte, würde ich ihn in seiner Trinkerheilanstalt besuchen und ihm einen abgebrochenen Flaschenhals in die Gurgel rammen. VERRECKE, BUKOWSKI! Und nimm alle deine Freundchen aus der überheblichen Subkultur MIT IN DEIN GRAB!!

⋆

Im Frühjahr 1991 kontaktierte Trumps Sekretariat mehrmals das Model Cindy Crawford. Trump hatte große Pläne, wie aus seinem Tagebuch hervorgeht:

16. Januar 1991

Sie ist die süßeste Maus von allen: CINDY!!! Ihre Kurven sind unglaublich. Was für ein Rasseweib. Über kurz oder lang werden wir zwei Hübschen zusammentreffen. Es ist MAGNETISMUS, und sie wird die ENGLEIN singen hören!!!

Cindy Crawford erteilte Trump jedoch eine Absage:

Mister Trump,
lassen Sie mich ein paar Dinge klarstellen:
Nein, ich sehne mich nicht danach, mich mit Ihnen ins New Yorker Nachtleben zu stürzen.
Nein, ich möchte nicht mit Ihnen auf die Bahamas fliegen und mir dabei von Ihnen, so wie Sie es vorgeschlagen haben, »Fly Me to the Moon« vorsingen lassen.

4/22/91

Mister Trump,
let me clarify a few things:
No, I'm not longing to plunge into New York's nightlife with you.
No, I'don't want to fly to the Bahamas with you and let me hear you sing "Fly Me to the Moon" as you suggested.
No, it is not my dream of happiness to explore the rose gardens of this world with you and to wake up at your side the next morning and feel like a newborn baby.
No, I don't think it would be desirable to dance with you under a rainbow that connects our hearts.
It is rather the case that I could do without your company, and it would give me great pleasure if you'd be so kind as to run into a bus.
Need I say more?

Best regards

Cindy Crawford

Nein, es ist nicht mein Traum vom Glück, gemeinsam mit Ihnen die Rosengärten dieser Welt zu erkunden und am nächsten Morgen an Ihrer Seite zu erwachen und mich wie ein neugeborenes Baby zu fühlen.
Nein, ich bin nicht der Ansicht, dass es wünschenswert wäre, mit Ihnen unter einem Regenbogen zu tanzen, der unsere Herzen miteinander verbindet.
Es verhält sich vielmehr so, dass ich auf Ihre Gesellschaft verzichten kann, und es wäre mir eine Freude, wenn Sie die Freundlichkeit besäßen, vor einen Bus zu laufen.
Muss ich noch mehr sagen?
Beste Grüße
Cindy Crawford

In seinem Tagebuch machte Trump keinen Hehl aus seiner Enttäuschung:

25. April 1991

Habe ihr einen roten Teppich ausgerollt, und die Crawford-Schlampe sagt NEIN. Sie ahnt nicht, was ihr entgeht. DUMMES MÄDCHEN! Schlechter Teint. Vollkommen reizlos. Ich weiß nicht, was die Leute an ihr finden. Mürbe, dürr und zickig. Ausschussware. In zehn Jahren wird sie Falten werfen wie Rotkäppchens GROSSMUTTER!!!

*

Aus einem Hochsicherheitsgefängnis, der Columbia Correctional Institution in Portage, Wisconsin, erhielt Donald Trump 1992 einen Weihnachtsgruß:

Sehr geehrter Herr Trump,
ein Zellengenosse hat mir heute einen alten PLAYBOY geliehen, in dem ein Interview mit Ihnen steht. Sie haben darin gesagt: ICH GLAUBE, JEDER MANN HAT SPASS AM FLIRTEN, UND WENN ER ETWAS ANDERES BEHAUPTET, DANN LÜGT ER. Und Sie haben im selben Interview die Wiedereinführung der Todesstrafe gefordert.
Ich stimme Ihnen in beiden Punkten zu! Auch ich habe immer sehr gern geflirtet, und für meine Taten hätte ich die Todesstrafe verdient. Doch man gewährt sie mir leider nicht.
Mein einziger Trost ist der, dass ich in Ihnen einen Verbündeten habe, der mich versteht und der genauso denkt wie ich.
Ich wünsche Ihnen ein gesegnetes Weihnachtsfest.
Hochachtungsvoll
Ihr Jeffrey Dahmer

Im Jahr zuvor war der Serienmörder und Menschenfresser Jeffrey Dahmer zu mehr als neunhundert Jahren Gefängnis verurteilt worden. Die Tatsache, dass er sich reuig zeigte, ließ Trump nicht unbeeindruckt:

25. Dezember 1992

Dahmer soll mindestens 15 Leute auf dem Gewissen haben. Aber waren das nicht alles perverse Kleinkriminelle? So gesehen ist er eine EIN-MANN-SPEZIALEINHEIT im Kampf gegen das Verbrechen gewesen. Braucht Amerika nicht noch viel mehr Leute wie ihn??

⋆

12-21-92

Dear Mr. Trump,

A cellmate lent me an old PLAYBOY today, which features an interview with you. In it, you say I THINK ANY MAN ENJOYS FLIRTATION, AND IF HE SAID HE DIDN'T, HE'D BE LYING. And in that same interview, you called for the reintroduction of the death penalty.

I agree with you on both counts! I too have always loved to flirt, and for my deeds I deserve the death penalty. But unfortunately, I was not granted it.

My only consolation is that I have in you an ally who understands me and who thinks the same way I do.

I wish you a merry Christmas.

Respectfully yours,

Jeff Dahmer

Obwohl ihn viele andere Projekte in Atem hielten, nahm Donald Trump sich im März 1993 die Zeit, der Rockband Grateful Dead seine Dienste anzubieten:

Liebe Grateful Dead:
Ihr seid die beste Popgruppe des UNIVERSUMS, und das wisst Ihr. Aber habt Ihr auch einen guten MANAGER??
Wer es auch sein mag, ich sage: FEUERT IHN und nehmt mich. Ich verstehe mehr vom Musikgeschäft als alle Wanzen, Kiffer und Luschen, die sich zwischen San Francisco und New York herumtreiben.
Ich habe übrigens selbst einen Popsong geschrieben. Hier ist die erste Strophe:

WE'RE FLYING LIKE A ROCKET TO THE SKY
IT'S SOMETHING, BABY, THAT YOU CAN'T DENY
I'LL TAKE YOU TO THE STARS HIGH UP ABOVE
AND THERE YOU'LL SEE THAT I'M YOUR ONLY LOVE

Rockt das etwa nicht?!
Wie auch immer: Meldet Euch, und wir regeln das Geschäftliche.
Der Himmel ist die Grenze!!!
Mit freundlichen Grüßen
Donald J. Trump

Die Antwort, die Jerry Garcia, der Frontmann der Grateful Dead, Donald Trump einen guten Monat später erteilte, fiel kurz aus:

March 4, 1993

The Grateful Dead
BOX 1073
San Rafael
CA 94915

Dear Grateful Dead:

You are the best pop group in the whole UNIVERSE, and you know it. But do you have a good MANAGER? Whoever it may be, I say: FIRE HIM and take me. I know more about the music business than all the bugs, potheads and scrubs that hang around between San Francisco and New York.

I wrote a pop song myself, by the way. Here's the first verse:

WE'RE FLYING LIKE A ROCKET TO THE SKY
IT'S SOMETHING, BABY, THAT YOU CAN'T DENY
I'LL TAKE YOU TO THE STARS HIGH UP ABOVE
AND THERE YOU'LL SEE THAT I'M YOUR ONLY LOVE

Doesn't that rock?! Anyway, give me a call and we'll get down to business. The sky's the limit!!!

Sincerely,

Donald J. Trump

THE TRUMP ORGANIZATION
725 FIFTH AVENUE · NEW YORK, N.Y. 10022 212 · 832 · 2000 TELEX · 427715

April 11, 1993

Donald J. Trump
The Trump Organization
725 Fifth Avenue
New York, N.Y. 10022

Dear Mr. Trump:

NOPE.

Regards,

Jerry Garcia, for
Grateful Dead

Grateful Dead

BOX 1073, SAN RAFAEL, CA 94915 • TELEPHONE (415) 457-2322

Lieber Herr Trump:
NÖ.
Grüße
Jerry Garcia für
Grateful Dead

In Trumps Augen hatte Garcia sich und seiner Band damit ein Armutszeugnis ausgestellt:

14. April 1993

Die Grateful Dead sind nicht mehr das, was sie mal waren. Sie rotten in der GOSSE. Vergreiste, abgehalfterte und erloschene Rocker, die mit dem Hintern nicht mehr hochkommen. Sie fressen ihr GNADENBROT in den Mülltonnen von Haight-Ashbury und riechen nach VERWESUNG. Schande über diese Pennerbande. Der Polizeichef von San Francisco sollte sie ausräuchern!

*

Als die Fußballweltmeisterschaft 1994 in den USA ausgetragen wurde, wollte Donald Trump sich gemeinsam mit Diego Maradona fotografieren. Im Foxboro Stadium in Foxborough, Massachusetts, verschaffte Trump sich deshalb zwei Stunden vor dem Anpfiff des Gruppenspiels zwischen Argentinien und Griechenland mit hohen Bestechungssummen Einlass in die Kabine der Argentinier. Aus dem Foto wurde leider nichts, da er vergessen hatte, in seine Kamera einen Film einlegen zu lassen, aber eine Trophäe konnte Trump mitnehmen: ein ihm persönlich gewidmetes Autogramm des umjubelten Weltstars. Maradona hatte es mit den Worten »¡COMUNISMO O MUERTE!« versehen (»Kommunismus oder Tod!«), was Trumps Freude jedoch nicht schmälerte:

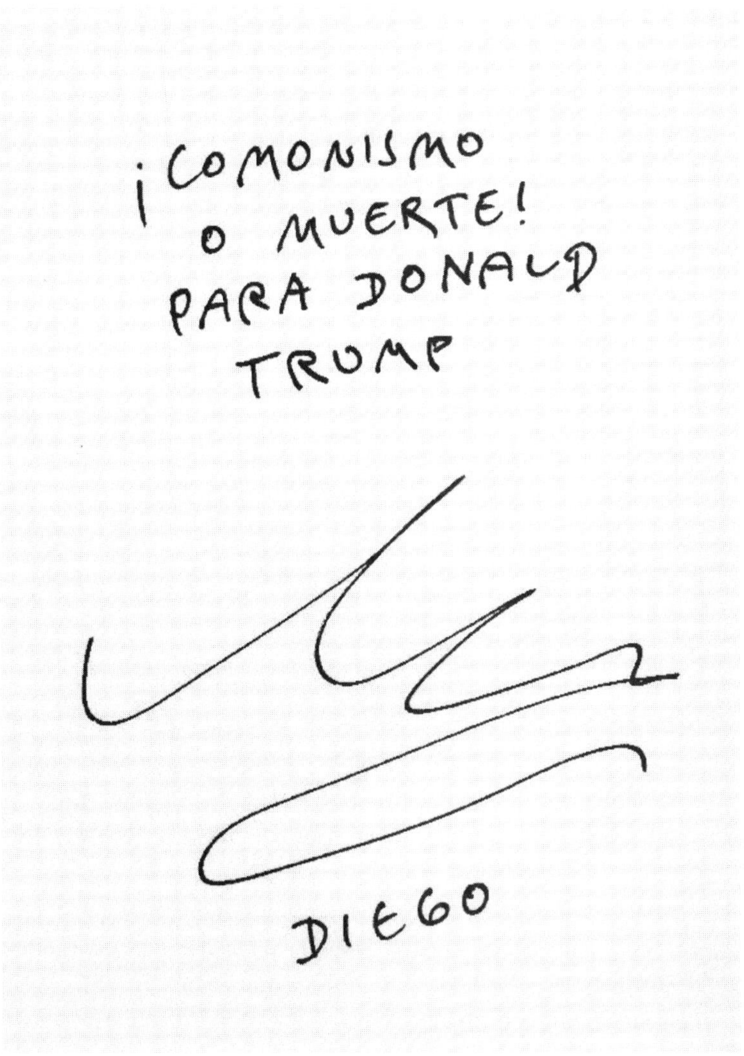
¡COMONISMO
O MUERTE!
PARA DONALD
TRUMP
DIEGO

21. Juni 1994

MARADONA getroffen. Er leistet Unglaubliches. Habe mit ihm gefachsimpelt, und er hat über meine Fußballkenntnisse gestaunt. Niemand weiß mehr über Sport als ich. Das hat er sofort gemerkt, und er hat mir sein Autogramm gegeben und dazugeschrieben: »DER KOMMUNISMUS MUSS STERBEN!« Großer Mann. Versteht mehr von Politik als der Senat der Vereinigten Staaten!!!

*

Als er Wind davon bekam, dass Frank Sinatra am 19. November 1995 seinen bevorstehenden achtzigsten Geburtstag im großen Stil in Los Angeles feiern wollte, bewarb Donald Trump sich um eine Einladung, doch er wurde abgewiesen:

Sehr geehrter Herr Trump,
vor langer Zeit bin ich mit Ihrem Vater einmal angeln gegangen, und ich denke gern daran zurück. Allein aus diesem Grund gewähre ich Ihnen den Vorzug einer persönlichen Ausladung.
Ich will Sie weder auf meiner Geburtstagsfeier noch sonst irgendwo sehen. Im Laufe der Jahre habe ich mehr von Ihnen und Ihrem Geschäftsgebaren gehört, als mir lieb ist.
Wenn Sie auch nur einen Funken Anstand besäßen, wären Sie gar nicht auf den Gedanken verfallen, sich selbst zu meiner Feier einzuladen.
Ich glaube immer noch an den amerikanischen Traum. Ein Gauner wie Sie sollte nur in einem Albtraum vorkommen.
Mit freundlichen Grüßen
Frank Sinatra

FRANK SINATRA

November 2, 1995

Dear Mr. Trump,

A long time ago, I once went fishing with your father, and I remember it fondly. For this reason alone, I'm going to grant you the benefit of a personal disinvitation.

I don't want you at my birthday party or anywhere else. Over the years, I've heard more about you and your commercial practices than I care to remember.

If you had an ounce of decency in you, then you wouldn't have even considered inviting yourself to my party.

I still believe in the American dream. A crook like you should only occur in a nightmare.

Sincerely,

Frank Sinatra

In Trumps Augen war danach von Sinatra nicht mehr viel übrig:

5. November 1995

Ol' Blue Eyes SINATRA ist einer der stinkenden GREAT OLD ONES, die unsere Luft verpesten. Er sollte sich einen STRICK nehmen. MISTER SINATRA, SIE SIND GEFEUERT!

⋆

Der Journalist Mark Singer schrieb im Mai 1997 im »New Yorker«, Trump habe »den ultimativen Luxus erreicht: eine Existenz, die nicht durch das Gepolter einer Seele gestört wird«. Das sah Trump naturgemäß anders:

19. Mai 1997

Was dieser Singer da schreibt, ist völliger Blödsinn. Wenn ich will, dann poltert meine Seele stärker als die NIAGARAFÄLLE! Es gibt keine einzige Seele auf Erden, die es lauter krachen lassen kann als meine!!! Wo ich eine SEELE habe, da haben andere nur ein klägliches kleines Löchlein.

⋆

Als er im Spätsommer 1999 beim Aufräumen auf die ersten beiden Seiten seines unvollendeten Romans »Der goldene Eroberer« gestoßen war, gab Donald Trump seiner Sekretärin den Auftrag, dem Schriftsteller John le Carré Kopien davon zu senden und ihn zu fragen, was er dafür verlange, den Roman fertigzustellen.
Die Absage erfolgte prompt:

JOHN LE CARRÉ

28th August 1999

Mr. Donald Trump
725 5th Avenue
New York, NY 10022
USA

Dear Mr. Trump,

I absoluteley cannot comprehend what might have led you to believe that I would want to be your hack writer. It is quite bad enough that I have to live on the same planet as you.

Sincerely,

Sehr geehrter Herr Trump,
es ist mir vollkommen unbegreiflich, was Sie zu der Annahme verleitet hat, dass ich Ihr Lohnschreiber sein möchte. Es ist schlimm genug, dass ich auf demselben Planeten leben muss wie Sie.
Mit freundlichen Grüßen
John le Carré

Trump schwor Rache:

2. September 1999

Der übermütige Schmierfink LE CARRÉ bildet sich ein bisschen zu viel auf seine hingepfuschten James-Bond-Romane ein. Er wird sich noch wundern, wenn ich sein albernes Landhaus in Cornwall aufkaufe und plattmache und an der Stelle den größten PARKPLATZ bauen lasse, den die Inselaffen je gesehen haben. DIESMAL IST ES KRIEG!!

⋆

Mit dem Automobilsport-Funktionär Bernie Ecclestone war Trump immer gut ausgekommen. Geknirscht hatte es zwischen den beiden nur für ein paar Tage, nachdem Ecclestone ihm im August 2000 auf einer Party in Palm Beach drei Frauen ausgespannt hatte. Diese kleine Scharte wurde mit einem Entschuldigungsbrief ausgewetzt:

Lieber Donald,
nimm es mir nicht krumm. Du weißt doch sicher selbst noch, wie Du Deine Ex beschrieben hast: »Hübsche Titten, kein Gehirn.« So war es auch mit diesem Trio.

FROM THE DESK OF
BERNIE ECCLESTONE

21st August 2000

Dear Donald,

Please don't hold it against me. I'm sure you remember how you described your ex: "Nice tits, no brain." It was the same with this trio.

You should be happy that you didn't have to see those smeared off meat bags at the breakfast table!

Wanna go out on the town again?

Best regards

Freu Dich, dass Dir der Anblick dieser abgeschminkten Teigtaschen am Frühstückstisch erspart geblieben ist!
Machen wir mal wieder einen drauf?
Mit besten Grüßen
Bernie

Das stimmte Trump milde:

23. August 2000

Bernie hat es FAUSTDICK hinter den Ohren. Und er ist ein GENTLEMAN. Er weiß nur nicht, dass ICH von VIELEN, VIELEN Frauen weiß, wie schlecht er im Bett ist. Wenn er sich irgendwann gegen mich wenden sollte, werde ich ihm damit DAS GENICK BRECHEN.

*

Das Angebot, auf der Feier von Donald Trumps 55. Geburtstag am 14. Juni 2001 ein Konzert zu geben, nahm Johnny Cash nicht an. Er schrieb:

Sehr geehrter Herr Trump!
Vielleicht werde ich für Sie spielen, wenn Sie im Folsom State Prison einsitzen, denn dort gehören Sie hin.
Mit freundlichen Grüßen
Johnny Cash

Für Trump war Cash damit ein erledigter Fall:

JOHNNY CASH

Donald Trump
725 Fifth Avenue
New York, N.Y. 10022

May 29, 2001

Dear Mr. Trump:

Maybe I'll play for you when you're jailed at Folsom State Prison, because that's where you belong.

Sincerely,

Johnny Cash
700 Johnny Cash Parkway
Hendersonville, TN 37075

2. Juni 2001

Hat Johnny Cash nicht selbst ein langes Strafregister? Als JUNKIE?? Und dabei kann er nicht einmal halb so gut singen wie Donna Summer. Wann hatte er seinen letzten Hit? Im KOREAKRIEG!!

*

Als die beiden Türme des World Trade Centers am 11. September 2001 eingestürzt waren, gab Donald Trump in einem Radiointerview bekannt, dass er jetzt der Besitzer des höchsten Gebäudes in Manhattan sei. Und das war nur einer von zwei Rekorden, an die er an diesem Tag dachte:

11. September 2001

Meine Häuser sind die HÖCHSTEN und meine Steuerzahlungen die NIEDRIGSTEN in ganz Amerika. Wenn nicht sogar in ganz LATEINAMERIKA inklusive Hawaii, Haiti und Puerto Rico. GUT GEMACHT, DONALD!

*

In der »New York Times« zitierte der Reporter Charles V. Bagli im Januar 2004 einen namentlich nicht genannten Immobilienentwickler mit den Worten, dass Donald Trumps Frisur einem Bauwerk gleiche, dessen Beurteilung man am besten einem Architekturkritiker überlasse. Trump fühlte sich geschmeichelt:

25. Januar 2004

Meine Haare sind das moderne Gegenstück zu Richard Wagners Mondscheinsonate. Von zehntausend Models zerzaust, okay?? Aber UNVERWÜSTLICH. Es sind Haare aus BETON.

⋆

Im September 2004 fragte das Magazin »Vanity Fair« Donald Trump nach seinen Lieblingsautoren, und er antwortete: »Es gibt so viele, die großartig sind, dass ich sie nicht alle nennen kann. Aber einer der besten ist einer der größten Bestsellerautoren – ich selbst.«

Diese Ausrede gefiel ihm gut:

2. September 2004

Das werde ich jetzt IMMER sagen, wenn sich irgendein Ostküstenwinzling über mich erheben will. PSHAW! Ich habe höhere Auflagen als HAMMINGWAY und HENRY MILLER und die BIBEL!!!

⋆

Im Januar 2005 wurden Donald Trump und Melania Knauss in der Episcopal Church of Bethesda-by-the-Sea in Palm Beach, Florida, getraut. Für die Hochzeitsfeier hatte der Bräutigam tief in die Tasche gegriffen:

22. Januar 2005

Allein das Brautkleid hat mich mehr als einhunderttausend Dollar gekostet. Es musste natürlich von CHRISTIAN DIOR sein!! Hoffentlich steigt Melania das alles nicht zu Kopf. Sie ist nicht mehr als eine gutbezahlte HAUSFRAU.

*

Der Opernsänger Luciano Pavarotti wies Donald Trump im Oktober 2005 auf einen kleinen Irrtum hin:

Sehr geehrter Herr TRUMP,
vielen herzlichen Dank für die Blumen, die Sie mir mit einem Glückwunsch zu meinem 80. Wiegenfest übersandt haben. Bedauerlicherweise kommt das alles jedoch etwas zu früh, denn ich habe vorgestern erst meinen 70. Geburtstag begangen.
Die Zahlen, die vor der Null stehen, spielen in Ihrem Imperium offensichtlich keine ganz so große Rolle wie die Null, die dort im Vorstand sitzt.
Mit vorzüglicher Hochachtung
Luciano Pavarotti

Wegen eines Poststreiks in Italien war dieser Brief ungewöhnlich lange unterwegs, aber als er endlich eingetroffen war, griff Trump sofort zum Edding:

29. Oktober 2005

ICH schenke ihm ROTHSCHILD-ORCHIDEEN, und ER verspritzt GIFT. Mehr braucht man über Pavarotti nicht zu wissen. Er verbeugt sich vor dem Pöbel der Intellektuellen. PAVAROTTI? Schon der Name hört sich an wie der einer Hunderasse,

Luciano Pavarotti

VIA GIARDINI, 941 - Tel. (059) 35 30 75
41040 SALICETA S. GIULIANO
MODENA - ITALY

FR, 14-10-84

Dear Mr. TRUMP,

thank you very much for the flowers you sent me with
a congratulations on my 80th natal day.
Unfortunately, this all comes a bit too early, as I only
celebrated my 70th birthday the day before yesterday.
Obviously, the numbers before zero do not play as big
a role in your empire as the zero that is sitting there on
the board of directors.

With the highest regard,

Luciano Pavarotti

Luciano Pavarotti

die die Tollwut hat. Ich singe selbst beim Duschen besser als dieser Kretin in seiner Scala von Italien!!

⋆

Die Schauspielerin Lauren Bacall schrieb Donald Trump im Januar 2008 einen Brief mit einem unfreundlichen Unterton:

Sehr geehrter Herr Trump,
die Pralinen, die Sie mir geschickt haben, liegen bereits in der Mülltonne. Es wäre schön, wenn die Müllabfuhr auch Sie abholen könnte.
Wagen Sie es nie wieder, in meine Nähe zu kommen.
Lauren Bacall

Es ist nicht überliefert, was Lauren Bacalls Groll auf Donald Trump verursacht hatte. In seinem Tagebuch quittierte er den Eingang ihres Briefs nur ganz kurz:

19. Januar 2008

Meckerpost von Humphrey Bogarts Kommunistenflittchen LAUREN BACALL. Ab mit ihr ins Pflegeheim!

⋆

Am 6. November 2012 twitterte Donald Trump, dass die Theorie der Erderwärmung von den Chinesen erfunden worden sei, um die amerikanische Wirtschaft zu schwächen (»The concept of global warming was created by and for the Chinese in order to make U. S. manufacturing non-competitive«). Dafür wurde er scharf kritisiert. In seinem Tagebuch hielt er ein Gegenargument fest:

Lauren Bacall

July 12, 2008

Dear Mr Trump,

The chocolates you sent me are already in the trash can. It would be nice if the garbage man could pick you up, too.

Don't you dare come near me again.

Lauren Bacall

10. November 2012

Warum kommen denn wohl so viele Touristen aus aller Welt nach Florida, wenn es angeblich überall wärmer wird??

⋆

In einer Mußestunde kam Trump im Frühjahr 2013 auf den Gedanken, dass sein Leben von einem bedeutenden Regisseur verfilmt werden sollte. Über einen Mittelsmann versuchte er, Martin Scorsese für diesen Plan zu gewinnen. Die Absage erfolgte prompt:

Sehr geehrter Herr Trump,
wenn ich die Absicht hätte, Ihr Leben zu verfilmen, würde ich die Hauptrolle mit Fozzie-Bär aus der Sesamstraße besetzen.
Machen Sie's gut.
Martin Scorsese

Das machte Trump jedoch nichts aus:

15. März 2013

Scorsese will also auch künftig nur FLOPS drehen. Filme über WASCHLAPPEN und MUTTERSÖHNCHEN und nicht über SIEGER. Wie er meint! Er wird schon sehen, wo das endet. Dann werde ich ihm eine 10-Cent-Münze in seinen beschissenen Hut werfen!

⋆

Von 2005 bis 2010 bot die sogenannte Trump University in New York Kurse für angehende Immobilienmakler an. Von Trump an-

MARTIN SCORSESE

March 12, 2013

Donald Trump
c/o The Mar-a-Largo Club
1100 S Ocean Blvd
Palm Beach, FL 33480

Dear Mr. Trump,

If I had any intention of making a film about your life, I would cast Fozzie Bear from Sesame Street as the main character.

So long.

geblich »handverlesene Experten« erteilten dort Unterricht im »Trump-Prozess für Investitionen in den heutigen einmaligen Immobilienmarkt«. »Wir haben Professoren, die absolut großartig sind – großartige Menschen, großartige Köpfe, erfolgreich, die Besten«, teilte Trump in einem Video mit, das den Teilnehmern vorgeführt wurde. »Wir haben die Besten der Besten. Und, ehrlich gesagt, wenn Sie nicht von ihnen lernen, wenn Sie nicht von mir lernen … dann werden Sie es in der Welt des Erfolgs einfach nicht schaffen!«

Die Gebühr schwankte zwischen 1495 Dollar für einen dreitägigen Workshop und 35 000 Dollar für einen »Gold Elite«-Lehrgang. Es zeigte sich jedoch, dass die Seminare ausschließlich dazu dienten, die Teilnehmer finanziell immer aggressiver zu melken. Im August 2013 wurde Trump deswegen vom Staat New York verklagt, blieb aber uneinsichtig:

25. August 2013

Aus meiner Universität sind einige der weltweit am höchsten angesehenen Absolventen hervorgegangen. Ihre Dankschreiben an mich sind unzählbar!! Sie haben zusammengenommen mehr Seiten als alle Bücher in der gesamten KONGRESS-BIBLIOTHEK. Würde ich diese Briefe aufeinanderstapeln, wäre der Turm höher als der FUCKING BURJ KHALIFA (den ich übrigens noch toppen werde, Freunde – wartet's ab!!!). Ein Mann aus Oregon hat mir geschrieben: »Die Kurse an Ihrer Universität haben sich für mich TAUSENDFACH ausgezahlt. Gerade habe ich meine ZWÖLFTE MILLION gemacht. DANKE! DANKE! DANKE!« Sagt das nicht ALLES???

*

Im Dezember 2013 ließ der nordkoreanische Diktator Kim Jong-un seinen Onkel Jang Song-thaek ermorden. Medienberichten zufolge waren dieser Tat dramatische Machtkämpfe in der Führungsspitze des Landes vorausgegangen. Donald Trump war tief beeindruckt:

9. Dezember 2013

Ein Wunderknabe, dieser Kim. Hat ein schweres Erbe angetreten, wird von seinem Onkel bedroht und – WHAM! Schon ist der Onkel weg. Von einem Tag auf den anderen. Gestern: Onkel da. Heute: kein Onkel mehr da. Null Onkel! ZILCH!!!
Wir haben auch in Amerika ein paar Onkelprobleme. Wieso lösen wir sie nicht so, wie Kim es macht?

⋆

Der spanische König Juan Carlos I. lud Donald Trump im Mai 2014 zu einer gemeinsamen Unternehmung ein:

Sehr geehrter Herr Trump,
man spricht hier viel über Ihre politischen Ambitionen. Es heißt, dass Sie für das höchste Amt in Ihrem Staat kandidieren werden und als Präsident das Verbot der Einfuhr von Elefantentrophäen aufheben wollen.
Das wäre eine gute Tat. In vielen Gebieten Afrikas herrscht eine Elefantenplage, die von den Medien verschwiegen wird, weil sie nicht in das Narrativ der selbsternannten Umweltschützer passt.
Ich würde Sie gern zu einer Großwildjagd nach Sambia einladen.
Teilen Sie mir bitte mit, wann es Ihnen passen würde.
Mit freundlichen Grüßen
Der König von Spanien
Don Juan Carlos I. von Borbon

Palacio de La Zarzuela, 16 de mayo de 2014

Dear Mr. Trump!

There has been a lot of talk here about your political ambitions. It is said that you will be running for the highest office in your state and that as President you want to lift the ban on the import of elephant trophies.

That would be a good deed. There is an elephant plague in many areas of Africa, which the media is keeping quiet about because it does not fit into the narrative of the self-appointed environmentalists.

I would like to invite you to a big-game shooting expedition in Zambia. Please let me know when would suit you.

Sincerely,

El Rey de España

Don Juan Carlos I de Borbón

Mr. Donald Trump
725 Fifth Avenue
New York, NY 10025
Estados Unidos de America

Grundsätzlich hätte Trump zwar Lust dazu gehabt, aber im Juni 2014 musste Juan Carlos abdanken, nachdem er unter starken politischen Druck geraten war, und mit Verlierern paktierte Trump nicht gern:

2. Juni 2014

EIN TRAUERSPIEL!! Der König Juan Carlos, ein guter Mann, ein phantastischer Regent, ist aufs ALTENTEIL abgeschoben worden. Haben die Monarchen keine COJONES mehr? Napoleon II. hätte in so einem Fall fünftausend KÖPFE ROLLEN LASSEN und die Palastrevolutionäre dazu gezwungen, ihre eigenen Blinddärme zu fressen. ARMES PORTUGAL!!

*

Die Einladung, Donald Trumps private Wohnräume neu zu gestalten, lehnte der Künstler Jeff Koons im April 2015 höflich ab:

Sehr geehrter Herr Trump –
es ehrt mich, dass Sie an mich gedacht haben, aber ich bin nicht der richtige Mann für diesen Job.
Ich würde lieber ein Hornissennest von innen dekorieren als die Räume, die Sie mit Ihrem Atem verpesten.
Tut mir leid.
Jeff Koons

Trump konnte sich das nicht erklären:

15. April 2015

JEFF KOONS – ein großer Künstler, ein weltberühmter Künstler. Wer hat ihm das Gehirn gewaschen?? Er ist so DUMM!! Ich

jeff koons

Donald J. Trump
725 5th Ave
New York, NY 10022

Dear Mr. Trump –

I'm honored you thought of me, but I'm not the right man for the job.

I'd rather decorate a hornet's nest from the inside than the rooms you pollute with your breath.

So sorry.

4/12/15

Jeff Koons

hätte ihm, weiß ich nicht, eine MILLION DOLLAR gezahlt, und er lässt mich im Regen stehen. Vielleicht ist er doch nicht so gut, wie alle sagen. Er muss ein Stümper sein. Ein Blender. Ein INSEKT!!!

⋆

Mitte April 2015 retweetete Donald Trump die Worte: »Wie kommt Hillary Clinton darauf, dass sie Amerika befriedigen kann, wenn sie ihren Mann nicht befriedigen kann?« (»If Hillary Clinton can't satisfy her husband what makes she think she can satisfy America?«) Als Trumps dritte Ehefrau Melania ihren Mann dazu zwang, den Tweet zu löschen, waren bereits Screenshots davon angefertigt und verbreitet worden. Trump verstand die ganze Aufregung nicht:

17. April 2015

Melania ist so kleinlich! Oder ist sie eifersüchtig? Weil es über sie keine so guten Witze gibt? Wenn sie weiter so herumzickt, muss ich sie FEUERN.

⋆

Bei der Bekanntgabe seiner Präsidentschaftskandidatur ließ Donald Trump am 16. Juni 2015 im Trump Tower Neil Youngs Song »Rockin' in the Free World« einspielen. Dazu sei Trump nicht autorisiert gewesen, erklärte Young, woraufhin Trump ihn in einem Tweet als Heuchler bezeichnete. In seinem Tagebuch äußerte er sich schärfer:

17. Juni 2015

Das Gewürm der SCHREIHÄLSE und HASCHBRÜDER windet sich & wimmert. Ich werde dieser Schlange endgültig den Kopf ZERTRETEN. Auch dir, NEIL YOUNG. Abschaum der Erde. Gift für die Seele. Eine Blutspur führt von Woodstock in die unschuldigen Zimmer unserer Kinder. Wer hat Amerika aufgebaut? Waren unsere Pilgerväter Folkniks & zugedröhnte Rockmusiker? Haben sie auf der Mayflower Gras geraucht und Affentänze veranstaltet? Ich liebe dieses Land und werde Neil Young ALT aussehen lassen. Weg mit diesem kranken Köter.

*

In Sun City, South Carolina, äußerte Donald Trump am 21. Juli 2015 in einer Rede den folgenden Satz: »Sehen Sie, wenn man Atomkraft hat – mein Onkel war ein großartiger Professor und Wissenschaftler und Ingenieur, Dr. John Trump am MIT; gute Gene, sehr gute Gene, okay, sehr klug, die Wharton School of Finance, sehr gut, sehr klug –, wissen Sie, wenn man ein konservativer Republikaner ist, wenn ich ein Liberaler wäre, wenn, also, okay, wäre ich ein Kandidat der liberalen Demokraten, dann würden die Leute sagen, dass ich einer der klügsten Menschen der Welt bin – es ist wahr! –, aber wenn man ein konservativer Republikaner ist, versuchen sie – oh, was ziehen sie für eine Schau ab! –, deshalb fange ich immer an: Bin auf die Wharton gegangen, war ein guter Student, ging dorthin, ging dorthin, tat dies, habe ein Vermögen gemacht – Sie wissen, dass ich immer gleich Zeugnis ablegen muss, weil wir ein wenig benachteiligt sind –, aber sehen Sie sich den Atomdeal an, die Sache, die mich wirklich stört – es wäre so einfach gewesen, und es ist nicht so wichtig wie diese Menschenleben (Atomkraft ist mächtig; mein Onkel hat mir das vor vielen,

vielen Jahren erklärt, die Macht, und das war vor fünfunddreißig Jahren; er hat die Macht der kommenden Ereignisse erklärt, und er hat recht gehabt – wer hätte das gedacht?), aber wenn man sich ansieht, was mit den vier Gefangenen geschieht – früher waren es drei, jetzt sind es vier –, dann hätte ich, als es drei waren und auch jetzt noch, gesagt, es liegt alles an dem Boten; Jungs, und es sind Jungs, weil, wissen Sie, die Leute haben nicht, die Leute wissen nicht, dass die Frauen im Moment klüger sind als die Männer, also werden sie noch ungefähr einhundertfünfzig Jahre brauchen, wissen Sie – aber die Perser sind großartige Unterhändler, die Iraner sind großartige Unterhändler, und sie, sie haben uns einfach umgebracht, sie haben uns einfach umgebracht.«

Immer und immer wieder wurde Trump gefragt, was er damit eigentlich habe sagen wollen, und das ging ihm auf die Nerven:

30. Juli 2015

Ich drücke mich klarer aus, als es jemals ein Präsidentschaftskandidat – und das gilt auch für Obama, als er kandidiert hat, weil er für höhere Steuern gewesen ist, das Einzige, was liberalen Demokraten – oder besser gesagt: radikalen Linken – einfällt, wenn sie – denn das sind sie: RADIKALE, die unser Kapital besinnungslos an falsche Freunde in den sogenannten ASEAN-Staaten der Sahelzone verschenken, um die Inflation anzuheizen und die Geschäftsgrundlage unserer Freihandelsabkommen zu destabilisieren. Damit werde ich Schluss machen! AMERICA FIRST!!

*

Bloomberg Television sendete Ende August 2015 ein Interview mit Donald Trump, in dem er nach den Bibelversen gefragt wurde, die

ihm am meisten bedeuteten. »Darauf möchte ich mich nicht einlassen, denn für mich ist das sehr persönlich«, sagte er. »Wissen Sie, wenn ich über die Bibel rede, ist das sehr persönlich, deshalb möchte ich nicht über einzelne Verse sprechen … Die Bibel bedeutet mir sehr viel, aber ich möchte nicht ins Detail gehen …«
Danach ging Trump an die Decke:

26. August 2015

Ich dachte, ich würde bei Bloomberg ein FAIRES INTERVIEW kriegen, aber dann treiben sie mich in die Enge, als wäre ich eine SCHEISS-ANTILOPE in der TAIGA!! Bin ich ein Aufsage-Automat, der Bibelverse ausspuckt?? Nicht einmal GOTT kennt die Bibel besser als ICH!!!!!

⋆

In einem Fernsehinterview hatte Trump schon einmal die Figur seiner Tochter Ivanka gelobt und erklärt, er würde vielleicht mit ihr ausgehen, wenn sie nicht seine Tochter wäre. Im September 2015 pries er ihre Schönheit auch im »Rolling Stone« und sagte: »Wäre ich nicht glücklich verheiratet und, Sie wissen schon, ihr Vater …«
Er verstand nicht, was es daran auszusetzen gab:

10. September 2015

Ivanka ist ein knackiges Mädchen. Sehr gut gebaut, sehr knusprig. Wer etwas anderes behauptet, der LÜGT!! Und es gibt schon genug verlogene Politiker. Ich werde IMMER die Wahrheit über Ivankas üppigen & umwerfend leckeren Körper sagen.

⋆

Donald Trump rühmte sich oft seiner guten Freundschaft mit Muhammad Ali, aber er verschwieg der Öffentlichkeit, was Ali ihm im November 2015 geschrieben hatte:

Lieber Donald,
gestern habe ich ein paar alte Fotos betrachtet, auf denen wir beide zu sehen sind. Auf all diesen Fotos trägst Du ein breites Lächeln zur Schau. Weißt Du, woran es mich erinnert? Soll ich es Dir sagen?
Es erinnert mich an das Grinsen im Gesicht einer überfahrenen Ratte.
Möge Gott Deiner Seele gnädig sein.
Muhammad Ali

Trump war davon nicht erbaut:

20. November 2015

Als Boxer hat Ali nie viel getaugt und als Mensch noch weniger. Wenn er mich jetzt bekämpft, schießt er sich selbst ins Knie. In zweihundert Jahren wird man sagen: MUHAMMAD ALI? ACH JA, DAS WAR DER HANSWURST, DER VERSUCHT HAT, SEIN MÜTCHEN AN DONALD TRUMP ZU KÜHLEN!!

*

Im Dezember 2015 wurde Trump in einer Debatte der republikanischen Präsidentschaftskandidaten auf die nukleare, aus landgestützten Raketen, Bombern und U-Booten bestehende »Triade« der USA angesprochen und um die Auskunft gebeten, welchem Teil dieser Triade er die höchste Priorität einräume. Da er nicht wusste,

Muhammad Ali

November 15, 2015

Dear Donald,

Yesterday I was looking at some old photos of you and me. In all these photos you are wearing a big smile. You know what it reminds me of? Shall I tell you?

It reminds me of the grin on the face of a run-over rat.

May God have mercy on your soul.

MUHAMMAD ALI

worum es ging, behalf er sich mit Gestammel: »Ich glaube – ich glaube, für mich ist das Nukleare einfach die Stärke, die Verwüstung ist sehr wichtig für mich« (»I think – I think, for me, nuclear is just the power, the devastation is very important to me«). Man konnte darin einen weiteren Beweis seiner Inkompetenz erkennen, aber Trump klopfte sich selbst auf die Schulter:

15. Dezember 2015

Es war eine FANGFRAGE … eine unzulässige Vermischung unserer Atombomben mit dem Problem der CHINESISCHEN TRIADEN. Gut, dass ich nicht darauf reingefallen bin. Ich habe wieder einmal BLITZSCHNELL geschaltet.

⋆

Nachdem Wladimir Putin ihn am 17. Dezember 2015 als »brillant« und »talentiert« bezeichnet hatte, sagte Trump, dass er sich von diesen Worten eines in aller Welt respektierten Politikers geehrt fühle. Am Morgen danach wurde Trump von dem MSNBC-Moderator Joe Scarborough auf Putins Gewalttaten angesprochen und erwiderte: »Er regiert sein Land und ist wenigstens eine Führungsgestalt.« Scarborough wandte ein, dass Putin Journalisten ermorde, wenn sie nicht mit ihm übereinstimmten. Darauf entgegnete Trump: »Ich glaube, dass auch unser Land einen Haufen Leute ermordet, Joe. In der Welt passieren zur Zeit eine Menge Sachen, Joe. Es werden viele Morde und viele Dummheiten begangen, und so ist das nun mal.«
Je länger er über diese Antwort nachdachte, desto cooler kam sie ihm vor:

18. Dezember 2015

Meine Stellungnahme war nicht nur FLASHY. Sie war GLITZY!!! Putin weiß jetzt, dass ich ihm AUF AUGENHÖHE gegenübertreten werde. JEDER große Staatsmann hat ein paar Leichen im Keller. SO WHAT?? Hätte DSCHINGHIS KHAN einen Tierschutzverein fragen sollen, ob man bei einem Angriff auf Alexandria Elefanten mitnehmen darf???

*

Er könne mitten auf der Fifth Avenue jemanden erschießen und würde trotzdem keine Wählerstimmen verlieren, erklärte Trump im Januar 2016 auf einer Kundgebung in Sioux City, Iowa. Für die Kritik an dieser Äußerung fehlte ihm jedes Verständnis:

24. Januar 2016

Meine Gegner wissen nicht, was sie wollen. Sie unterstellen mir, dass ich lüge, und wenn ich die Wahrheit sage, platzen sie erst recht vor Wut. Aber ich bleibe dabei: Ich könnte auf der Fifth Avenue sogar die neugeborenen Fünflinge einer illegal eingewanderten mexikanischen Mutter ERSCHIESSEN, FRITTIEREN & AUFFRESSEN, ohne die Loyalität meiner Anhänger zu verlieren!!

*

Eine Woche später ermahnte Trump seine Anhänger in Cedar Rapids, Iowa, zu erhöhter Wachsamkeit: »Wenn ihr jemanden seht, der eine Tomate werfen will, dann prügelt ihm die Scheiße aus dem Leib!« (»If you see somebody getting ready to throw a tomato,

knock the crap out of them, would you?«) Er, Trump, werde für die Anwaltskosten aufkommen; das verspreche er.
Nur sein Tagebuch war Zeuge, als er das Versprechen widerrief:

1. Februar 2016

Ich habe natürlich nicht die kompletten Anwaltskosten gemeint, sondern nur die Auslagen für das PORTO bei der KORRESPONDENZ mit den Anwälten. Oder genauer gesagt: einen fairen ANTEIL an den Portokosten, falls ich ihn von der Steuer absetzen kann.

⋆

In einer Debatte mit seinen republikanischen Konkurrenten stellte Trump Anfang Februar 2016 klar, dass er als Präsident nicht nur das Waterboarding wieder einführen, sondern auch Foltermethoden anordnen werde, die noch viel grausamer seien (»a hell of a lot worse than waterboarding«). Es freute ihn sehr, dass er damit ein deutliches Zeichen gesetzt hatte:

7. Februar 2016

Neben mir haben alle anderen wie SCHWÄCHLINGE gewirkt. WATERBOARDING?? Nein … ja … vielleicht … eher nicht … oder nur in Ausnahmefällen … Und dabei ist Waterboarding ein KLACKS. Ich würde ZEHN JAHRE Waterboarding überstehen, ohne mit der Wimper zu zucken. Innere Stärke ist ALLES. Da zeigt sich, wer ein MANN ist und wer NICHT.

⋆

Ein kurzer Rückblick: 1967 wurde der US-amerikanische Marineflieger John McCain in der Nähe von Hanoi abgeschossen. Er geriet schwerverletzt in nordvietnamesische Kriegsgefangenschaft, erlitt durch Folterungen dauerhafte Gesundheitsschäden und kam erst nach fünfeinhalb Jahren wieder frei. Donald Trump hingegen war 1968 um die Einberufung herumgekommen, weil ein Arzt ihm einen »Fersensporn« attestiert hatte – einen dornenartigen Knochenauswuchs am Fersenbein. Viele Jahre später entwickelten die beiden Männer sich zu politischen Gegnern. Um in ihrer Auseinandersetzung zu punkten, bestritt Trump Mitte 2015 in einer Fernsehsendung, dass McCain ein Kriegsheld sei: »Er war ein Kriegsheld, weil er in Gefangenschaft geriet. Ich mag Leute, die sich nicht gefangen nehmen lassen.«

Bald darauf kam ans Licht, wie Trump seine eigenen militärischen Leistungen einschätzte, denn im Februar 2016 brachten Journalisten ein neunzehn Jahre altes Radiointerview in Umlauf, in dem er sein Erstaunen darüber geäußert hatte, dass er trotz seines ausschweifenden Liebeslebens von Geschlechtskrankheiten verschont geblieben sei: »Es ist verblüffend. Ich habe so viel Glück gehabt, was diese ganze Welt betrifft. Es ist eine gefährliche Welt da draußen. Es ist wie in Vietnam, irgendwie. Es ist mein persönliches Vietnam. Ich fühle mich wie ein großer und sehr tapferer Soldat.«

Auch diesmal duldete Trump keinen Widerspruch:

17. Februar 2016

Das muss man gehört und gesehen haben: Veteranen des Vietnamkriegs, die jetzt wie alte Waschweiber aufkreischen, weil ich hier MEINEN MANN GESTANDEN HABE, während sie im Dschungel rumgekrochen sind. Den Krieg in Vietnam haben sie VERLOREN, aber MEINEN KRIEG AUF DEN MATRATZEN habe ich GEWONNEN. Und das war mehr als mein persönliches Vietnam. Es war mein Erster, Zweiter und Dritter WELTKRIEG!!!

⋆

Im Kampf um die Präsidentschaftskandidatur machte Marco Rubio sich über die »kleinen Hände« seines Rivalen Donald Trump lustig, die darauf schließen ließen, dass bei ihm auch etwas anderes klein sei. Darauf erwiderte Trump in einer Debatte am 3. März 2016: »Er hat auf meine Hände angespielt, wenn sie klein sind, muss auch etwas anderes klein sein. Ich garantiere Ihnen, dass es da kein Problem gibt. Das garantiere ich!«
Spät in der Nacht beschlich ihn die Sorge, dass er sich damit eine Blöße gegeben haben könnte:

4. März 2016

Ich hätte mich VIEL KLARER AUSDRÜCKEN MÜSSEN. »Es gibt da kein Problem«, habe ich gesagt. Wie lasch! Ich hätte sagen müssen: »Mein DONALD ist der KÖNIG DER LÖWEN! Fragen Sie die amtierende MISS UNIVERSE!«

⋆

Donald Trump sei ein Betrüger und ein Schwindler, hatte sein parteiinterner Gegner Mitt Romney kurz zuvor in einer vielbeachteten Rede in Salt Lake City erklärt. »Seine Versprechungen sind ebenso wertlos wie ein Diplom der Trump University.«
Wenn man Trumps Tagebuch glauben darf, hatte Romneys Attacke keine sachlichen, sondern rein private Gründe:

5. März 2016

Romney kann es nicht verwinden, dass ich ihn in den Siebzigern beim Armdrücken im Studio 54 ZWEIMAL BESIEGT habe. Es gibt viele Augenzeugen, Hunderte von Augenzeugen, die das bestätigen werden. Amanda Lear zum Beispiel oder Charles Wilp und Meat Loaf. Die waren alle dabei. ARMER KLEINER MITT! Hat er keine Mutti, bei der er sich ausweinen darf??

*

Auch Paul McCartney wollte sich nicht von Donald Trump einspannen lassen und machte ihm das im Mai 2016 eindringlich klar:

Herr Trump,
unterstehen Sie sich, irgendeinen Song von mir oder den Beatles bei einer Ihrer Wahlkampfveranstaltungen zu spielen.
Andernfalls werden meine Anwälte mit Ihnen das Gleiche tun, was Popeye mit dem Schnorrer Wimpy getan hat.
Mit freundlichen Grüßen
Paul McCartney

Es ist kaum verwunderlich, dass Trump verstimmt darauf reagierte:

21. Mai 2016

Wer ist reicher: Paul McCartney oder ich? Wer hat mehr Frauen aufgerissen: Paul McCartney oder ICH? Dieser kleine Beatle ist KRANK VOR NEID!!!

*

Paul McCartney

Donald Trump
725 Fifth Ave.
New York, NY 10020
USA

May 17, 2016

Mr Trump,

Don't you dare play any song by me or the Beatles at any of your rallies.

Otherwise, my lawyers will do to you what Popeye did to Wimpy the Moocher.

Sincerely,

Paul McCartney

In einer Rede in Atlanta vertrat Trump im Juni 2016 die Auffassung, dass Belgien »eine wunderschöne Stadt« sei. Der Wahlkampfleiter Paul Manafort gab ihm daraufhin zwei Stunden Nachhilfeunterricht in Geographie, den er nur widerstrebend über sich ergehen ließ:

16. Juni 2016

Das nächste Mal werde ich wieder sagen, dass Belgien ein Drecksloch ist. Genauso wie die anderen Hauptstädte, die Manafort für schrecklich wichtig hält, obwohl man sie auch einfach von der Landkarte streichen könnte: Senegal, Guyana, Togo, Tschad, Usbekistan und Melbourne – alles Fässer ohne Boden, in die Obama unsere Dollars pumpt …

*

Ende Juli 2016 rief Trump Russland öffentlich dazu auf, in Hillary Clintons E-Mail-Account einzubrechen: »Russland, falls du zuhörst, ich hoffe, dass es dir gelingt, die dreißigtausend E-Mails zu finden, die fehlen!« Und er merkte auch noch an: »Ich habe Putin nie getroffen. Ich weiß nicht, wer Putin ist. Er hat etwas Nettes über mich gesagt. Er hat gesagt, dass ich ein Genie bin!«
Der Aufschrei, den er damit hervorrief, kam Trump gelegen:

28. Juli 2016

Und schon wieder bin ich MISTER PRIME TIME. Ich muss nur die Lippen spitzen, und die ganze Meute kommt angehechelt. Sie halten sich alle für Zirkusdirektoren, aber sie sind zahme Kätzchen, und ich bin ihr DOMPTEUR.

*

Im Oktober 2016 wurde der elf Jahre alte Mitschnitt eines Gesprächs publiziert, in dem Trump seine Freude darüber kundgetan hatte, dass Berühmtheiten wie er fremden Frauen ungebeten »an die Möse greifen« könnten (»grab them by the pussy«). Nach einem Gespräch mit seinem Wahlkampfberater Steve Bannon, der ihm empfahl, sich öffentlich zu entschuldigen, ging Trump mit sich zu Rate:

7. Oktober 2016

ERSTENS ist das Band eine FÄLSCHUNG, und ZWEITENS habe ich RECHT. Zehntausend Frauen haben mir gesimst: WIR WOLLEN ES! GREIF ZU! Steve spinnt. Seit wann ist er so eine ZIMPERLIESE??

⋆

Via Twitter nährte Trumps Berater Michael Flynn Anfang November 2016 den haltlosen Verdacht, dass Hillary Clinton einem Kinderpornoring angehöre, dessen Stammsitz sich in einer Pizzeria in Washington DC befinde. Offiziell hatte Trump mit dieser Schmutzkampagne nichts zu tun, aber insgeheim lachte er sich ins Fäustchen:

3. November 2016

Die Sache mit dem Kinderpornoring wird Hillary nie wieder los. Jetzt ist sie GELIEFERT. Dieses Ding wird an ihrer Hacke kleben bleiben wie ein Kaugummi. BYE BYE LOVE! Und der geniale Michael Flynn wird mir ab Januar als Nationaler Sicherheitsberater dienen. Weiß Gott: So wie ich in diesen Stunden kann nur NAPOLEON sich nach seinem Sieg über WATERLOO gefühlt haben!!

⋆

Der Ausgang der Präsidentschaftswahlen versetzte Donald Trump in Siegeslaune:

9. November 2016

HILLARY PILLARY KNILLARY – SMASH!!! KAPOW!!! BOOM!!! KRUNCH!!! Sobald ich im Oval Office sitze, werde ich ALCATRAZ wiedereröffnen und Hillary Clinton dort schmoren lassen, bis sie nach LEICHENGIFT riecht. EXECUTIVE ORDER!

⋆

Ende 2016 machte Trump sich Gedanken über die bevorstehenden Feierlichkeiten bei seiner Amtseinführung. Zu der geplanten »Make America Great Again! Welcome Celebration« lud er, wie uns sein Tagebuch verrät, auch einen Sänger ein, der Millionen seit Jahrzehnten als »The Real Voice of America« galt:

2. Dezember 2016

Habe Bob Dylan anschreiben lassen. Er ist phantastisch. Hatte diesen gewaltigen Erfolg in den Sechzigern und rockt noch immer. Ich bin ein Riesenfan von ihm. Großartiger Mann! Er MUSS auftreten! Bei Slick Willie Clintons erster Amtseinführung hat er es schließlich auch getan!!!

Vier Wochen später änderte Trump seine Meinung:

30. Dezember 2016

Dylans Management hat ABGESAGT. Na und? Wer ist denn Dylan schon? Ein politischer Wirrkopf. Weit überschätzt! Mittelmäßige Karriere, kann nur krächzen und zigeunert in der ganzen Welt herum. SCHLECHT FÜR AMERIKAS ANSEHEN!

You feel to moan but unlike before
You discover that you'd just be one more
Person crying

So don't fear if you hear
A foreign sound to your ear
It's alright, Ma, I'm only sighing

As some warn victory, some downfall
Private reasons great or small
Can be seen in the eyes of those that call
To make all that should be killed to crawl
While others say don't hate nothing at all
Except hatred

Disillusioned words like bullets bark
As human gods aim for their mark
Make everything from toy guns that spark
To flesh-colored Christs that glow in the dark
It's easy to see without looking too far
That not much is really sacred

While preachers preach of evil fates
Teachers teach that knowledge waits
Can lead to hundred-dollar plates
Goodness hides behind its gates
But even the president of the United States
Sometimes must have to stand naked

BULLSHIT!!!

An' though the rules of the road have been lodged
It's only people's games that you got to dodge
And it's alright, Ma, I can make it

Advertising signs they con
You into thinking you're the one
That can do what's never been done
That can win what's never been won
Meantime life outside goes on
All around you

You lose yourself, you reappear
You suddenly find you got nothing to fear
Alone you stand with nobody near
When a trembling distant voice, unclear
Startles your sleeping ears to hear
That somebody thinks they really found you

A question in your nerves is lit
Yet you know there is no answer fit
To satisfy, insure you not to quit
To keep it in your mind and not forget
That it is not he or she or them or it
That you belong to

Auf einem Ausdruck der Lyrics von Dylans Song »It's Alright, Ma (I'm Only Bleeding)« hinterließ Trump am selben Tag einen kritischen Vermerk (siehe Abbildung).

⋆

Am 6. Januar 2017 hatte der FBI-Direktor James Comey die unangenehme Aufgabe, den angehenden Präsidenten Donald Trump unter vier Augen über ein geheimdienstliches Dossier zu informieren, das brisante, aber unverifizierte Informationen enthielt: Angeblich habe Trump im November 2013 zwei Prostituierte dafür bezahlt, in einer Suite im Moskauer Hotel Ritz Carlton auf das Bett zu urinieren, in dem Barack Obama und seine Frau einmal geschlafen hatten, und dieser Vorgang sei vom russischen Geheimdienst FSB gefilmt worden.
An diesem Tag fasste Trump ein tiefes Misstrauen gegen Comey, auch wenn er ihn erst vier Monate später feuern sollte:

6. Januar 2017

COMEY – SCHNOMEY. Auf wessen Seite steht er? Will er mich erpressen?? Er redet mit einer GESPALTENEN ZUNGE. Aber ich werde mir diesen Mistkerl schon gefügig machen …

⋆

Donald Trumps Antrittsrede sei »ein kranker Scheiß« gewesen, soll George W. Bush gesagt haben. Als Trump gerüchteweise davon hörte, schmiedete er augenblicklich Rachepläne:

21. Januar 2017

Alles, was ich brauche, ist eine Voodoo-Puppe von Baby Bush. Es gibt Wissenschaftler, herausragende Wissenschaftler, die nachgewiesen haben, dass Voodoo auf Fakten basiert. Man rammt der Puppe eine Nadel in die Augen, in den Bauch und in die Nüsse – und FLASH!!! Wird der kleine Bush dann nach seiner Mami rufen? NA, UND OB!!!

⋆

Am 24. Januar 2017, unmittelbar nach seiner Vereidigung als Direktor der CIA, teilte Mike Pompeo dem Präsidenten mit, dass im Hinblick auf den im Exil in Moskau lebenden Whistleblower Edward Snowden Handlungsbedarf bestehe:

Sehr geehrter Herr Präsident:
Sie stimmen sicherlich mit mir darin überein, dass wir uns jetzt endlich um den Verräter Edward Snowden kümmern sollten. Ich halte es nicht für zielführend, hierbei noch länger den Rechtsweg zu verfolgen. Wenn wir mit dem Auslieferungsbegehren Erfolg hätten, was ich nicht glaube, würde ein Gerichtsverfahren in den Vereinigten Staaten bloß Staub aufwirbeln.
Mit Ihrem Einverständnis werde ich daher die Schritte veranlassen, die notwendig sind, um das Problem aus der Welt zu schaffen.
Mit freundlichen Grüßen
Michael Pompeo

Doch Donald Trump missbilligte diese Initiative:

THE DIRECTOR
CENTRAL INTELLIGENCE AGENCY
WASHINGTON, D.C. 20505

24 January 2017

President Donald J. Trump
The White House
1600 Pennsylvania Avenue NW
Washington, D.C. 20500

Dear Mr. President:

I am sure you will agree with me that we should now finally take care of the traitor Edward Snowden. I do not think it would be useful to pursue legal action in this matter any longer. If we were to succeed in a extradition request, which I do not believe we would, a legal process in the United States would only stir up dust.

With your approval, I will therefore take the necessary steps to resolve the problem.

Sincerely,

Michael Pompeo

25. Januar 2017

Snowden beseitigen – GUT. ABER: Es würde die Russen verärgern. Putin ist SMART. Und er mag mich. Das dürfen wir nicht aufs Spiel setzen.

*

Wenige Tage nach seiner Amtseinführung sagte Donald Trump in einem Interview mit dem TV-Sender ABC News, dass er kürzlich mit den höchsten Geheimdienstmitarbeitern gesprochen und sie gefragt habe, ob Folter funktioniere, und dass sie erwidert hätten: »Ja, absolut.« Das löste einen Sturm der Entrüstung aus, den Trump gelassen hinnahm:

26. Januar 2017

Wenn die Folter nicht funktioniert, wieso hat Stalins Gestapo sie dann angewandt?

*

In einem Brief an Donald Trump setzte sich Ende Januar 2017 auch der aus steuerlichen Gründen von Frankreich nach Russland emigrierte Schauspieler Gérard Depardieu für Wladimir Putin ein:

Herr Präsident,
die ganze Welt erwartet mit Spannung Ihre erste Amtszeit. Viel Glück, mein Freund!
Ich bin Franzose, aber russischer Staatsbürger, und ich bin stolz darauf. Russland ist ein gutes Land, und es hat einen weisen Präsidenten. Wladimir Putin ist ein wahrer Freund des Volkes! Und er liebt auch das amerikanische Volk!
Er liebt auch gutes Essen und Wodka. Einmal hat er zu mir gesagt: »Gérard, es gibt nur drei große Nationen: die französische, die russische und die amerikanische!«
Lassen Sie sich von den Zweiflern im Pentagon und in der CIA nicht täuschen. Bilden Sie eine starke Partnerschaft mit meinem Freund Putin!
Vielleicht können wir eines Tages zu dritt auf das Wohl unserer großen Völker anstoßen.
Zum Wohl!
Gérard Depardieu

Dem Präsidenten wurde eine Übersetzung des Briefs vorgelegt, aber im Tagebuch findet sich dazu kein Eintrag. Trump war nie ein großer Freund der französischen Filmkunst gewesen.

*

Es missfiel Donald Trump, dass er sein Augenmerk immer wieder auf internationale Krisenherde richten musste und dabei die Zeit verlor, die er brauchte, um die US-amerikanische Wirtschaft anzukurbeln. Kurz vor Ostern 2017 platzte ihm der Kragen:

GÉRARD DEPARDIEU

27 janvier 2017

Monsieur le Président,

le monde entier attend avec impatience votre premier mandat. Bonne chance, mon ami !

Je suis français mais citoyen russe et j'en suis fier. La Russie est un bon pays, et elle a un président sage. Vladimir Poutine est un véritable ami du peuple ! Et il aime aussi le peuple américain !

Il aime également la bonne nourriture et la vodka. Une fois il m'a dit : « Gérard, il n'y a que trois grandes nations : les Français, les Russes et les Américains ! »

Ne laissez pas les sceptiques du Pentagone et de la CIA vous tromper. Formez un partenariat solide avec mon ami Poutine !

Peut-être qu'un jour, nous pourrons tous les trois porter un toast au bien de nos grands peuples.

À la vôtre !

13. April 2017

Die Kurden, die Kurden, die Kurden! Ich kann es nicht mehr hören. Sie fliehen vor den Irakern, sie fliehen vor den Türken. Sie fliehen und fliehen. Wieso sind sie überhaupt noch da? Wer flieht, der ist irgendwann verschwunden. Sie können also nicht einmal richtig fliehen. Ein erbärmliches Volk.

*

Denkwürdig ist ein Interview, das Donald Trump dem Journalisten John Dickerson am 30. April 2017 im Oval Office gab. Es ging darin um Trumps unbewiesene Behauptung, dass sein Wahlkampfteam von Barack Obama observiert worden sei.

»Dickerson: Hat Präsident Obama Ihnen einen Ratschlag gegeben, der hilfreich war? So dass Sie glauben, wow, er war wirklich …

Trump: Na ja, er war sehr nett zu mir. Aber danach haben wir ein paar Schwierigkeiten gehabt. Es spielt also keine Rolle. Wissen Sie, Worte sind für mich nicht so wichtig wie Taten. Und Sie – Sie haben gesehen, was mit der Observation passiert ist. Und jeder hat gesehen, was mit der Observation passiert ist …

Dickerson: Welche Schwierigkeiten?

Trump: … und ich habe gedacht, dass – Sie haben gesehen, was mit der Observation passiert ist. Und ich glaube, das war unangemessen, aber das ist die Art …

Dickerson: Was bedeutet das, Sir?

Trump: Das können Sie selbst herausfinden.

Dickerson: Also, ich – ich frage Sie das deshalb, weil Sie gesagt haben – Sie haben ihn ›krank und bösartig‹ genannt.

Trump: Sehen Sie, Sie können es selbst herausfinden. Er war sehr nett zu mir, mit Worten, aber – und als ich bei ihm war –, aber danach hat es keine Beziehung mehr gegeben.

Dickerson: Aber Sie stehen zu dieser Behauptung über ihn?
Trump: Ich stehe zu überhaupt nichts. Ich – Sie können es einfach so nehmen, wie Sie wollen. Ich glaube, dass unsere Seite außergewöhnlich stichhaltige Beweise hat. Und alle reden darüber. Und darüber sollte auch gesprochen werden, offen gesagt. Ich glaube, es ist eine sehr große Observation unserer Bürger. Ich glaube, das ist ein sehr wichtiges Thema. Und es ist ein Thema, das die Nummer eins sein sollte. Und wir sollten herausfinden, was zum Teufel hier vor sich geht.
Dickerson: Das wollte ich ja gerade herausfinden. Sie sind – Sie sind der Präsident der Vereinigten Staaten. Sie haben gesagt, er sei ›krank und bösartig‹, weil er Sie abgehört hat. Ich bin nur …
Trump: Sie können es nehmen – egal. Sie können es nehmen, wie Sie wollen.
Dickerson: Aber ich frage Sie. Weil Sie nicht wollen, dass es …
Trump: Sie brauchen …
Dickerson: … Fake News sind. Ich will es hören vom …
Trump: Sie brauchen mich nicht …
Dickerson: … Präsidenten Trump.
Trump: … zu fragen. Sie brauchen mich nicht zu fragen.
Dickerson: Warum nicht?
Trump: Weil ich meine eigenen Meinungen habe. Sie können Ihre eigenen Meinungen haben.
Dickerson: Aber ich möchte Ihre Meinungen hören. Sie sind der Präsident der Vereinigten Staaten.
Trump: Okay, das reicht. Ich danke Ihnen. Ich danke Ihnen vielmals.«
Danach benötigte Trump die größte Diät-Cola seines Lebens, und er schrieb sich seine aufgestaute Wut von der Seele:

30. April 2017

Jeder – JEDER!!!! – weiß, dass ich von Obama bespitzelt worden bin. Ich habe es mehr als einmal gesagt, und die Beweislast ist ERDRÜCKEND. Und trotzdem werde ICH auf die ANKLAGEBANK gedrängt. Da offenbart sich der DEEP STATE. Es ist wie in Nazi-Deutschland bei der Bücherverbrennung auf dem Platz des Himmlischen Friedens vor dem Triumphbogen, den der flämische König Donald Tusk mir letztes Jahr gezeigt hat. WIEDERHOLT SICH DIE GESCHICHTE??

⋆

Rod Rosenstein, der Stellvertretende Generalstaatsanwalt der Vereinigten Staaten, setzte im Mai 2017 den ehemaligen FBI-Direktor Robert S. Mueller als Sonderermittler ein, der untersuchen sollte, ob es Verbindungen und Absprachen zwischen der russischen Regierung und Donald Trumps Wahlkampfteam gegeben habe. In Trump weckte das ein Gefühl, das er seit langem nicht mehr empfunden hatte: Angst.

17. Mai 2017

Heilige Scheiße. Jetzt haben sie mich bei den EIERN. Das ist mein ENDE. Werde ich ABDANKEN müssen? So wie RICHARD FUCKING NIXON?? Aber wo kann ich mich dann noch blicken lassen? Putin wird mich AUSLACHEN!! O mein Gott. Ich bin AM ARSCH!!

⋆

Das von Trump auf den Markt gebrachte Aftershave »Success« konnte nicht alle Kunden überzeugen. Die deutsche Modeschöpferin Jil Sander fasste im Juni 2017 ihre Bedenken in einem Brief zusammen:

Sehr geehrter Herr Trump!
Ihr Rasierwasser SUCCESS riecht ein wenig nach Kompost, ein wenig nach nassem Anorak und ein wenig nach einem toten Pudelpointer. Dominant ist jedoch der stechende Geruch verfaulter Wassernüsse aus dem Magen eines gestrandeten Schwertwals, der sechs bis sieben Monate in der Sonne gelegen hat.
Wenn ich Ihnen einen Rat geben darf, so lautet er: Ziehen Sie dieses Produkt zurück und lassen Sie sich so schnell wie möglich begraben.
Mit freundlichen Grüßen
Jil Sander

Trump nahm ihr das übel:

21. Juni 2017

Jil Sander GIERT danach, von mir beachtet zu werden. Das hätte sie dreißig Jahre früher tun sollen! Jetzt ist sie eine ausgebrannte Hülse. Sie ZETERT wie eine Megäre aus der römischen Mythologie. Sie muss krank sein!

⋆

Im Brentwood Campus des Suffolk County Community College, New York, sprach Trump Ende Juli 2017 vor Vollzugsbeamten. Er riet ihnen, nicht »zu nett« zu sein, wenn sie Verdächtige verhafteten. Es sei unnötig, den Kopf eines Verbrechers mit der Hand zu

JIL SANDER

17. Juni 2017

Dear Mr. Trump!

Your aftershave SUCCESS smells a little like compost, a little like a wet anorak and a little like a dead Pudelpointer. However, what truly prevails is the pungent smell of rotten water nuts from the stomach of a stranded killer whale that has been lying in the sun for six to seven months.

If I may give you some advice, it is to withdraw this product and get buried as soon as possible.

Sincerely,

schützen, wenn er in ein Auto der Polizei geworfen werde. Unter dem Jubel und dem Gelächter seiner Zuhörer setzte Trump hinzu: »Sie dürfen die Hand wegnehmen, okay?«
Das Suffolk County Police Department verwahrte sich in einem Tweet gegen diesen Aufruf zur Gewaltanwendung und zog damit Trumps Unmut auf sich:

29. Juli 2017

Was ist los mit diesen Cops? Haben Sie keinen MUMM IN DEN KNOCHEN??? Als Streifenpolizist würde ich noch ganz andere Dinge machen, als meine Hand wegzunehmen. Mit meinem Teleskopschlagstock würde ich erst mal eine kurze zahnärztliche Untersuchung durchführen und den Delinquenten dann fragen, ob er EINEN WEITEREN TERMIN BEI DR. MED. BEULE HABEN WILL!!!

*

Im August 2017 stellten sich in Charlottesville im US-Bundesstaat Virginia Demonstranten einem Aufmarsch von Rechtsextremisten entgegen. Einer dieser Extremisten, James Alex Fields jr., fuhr mit seinem Pkw vorsätzlich in eine Gruppe der Gegendemonstranten hinein, tötete dabei eine Frau und verletzte neunzehn andere Menschen. Donald Trump gab dazu den Kommentar ab, dass es in diesem Fall auf beiden Seiten sehr schlechte, aber auch sehr gute Leute gegeben habe. Mit seinen Gedanken war er danach jedoch schon wieder ganz woanders:

15. August 2017

Wen interessiert denn das Geschmeiß in Charlottesville? Es ist mir gleichgültig, wer da wen überfährt. Mir fehlen die Garderobenbesuche bei den Wahlen der MISS TEEN USA!!

⋆

Er hätte Lady Diana Spencer gern »genagelt«, aber vorher einen HIV-Test von ihr verlangt, hatte Trump im November 1997 in einem Radiointerview gesagt, wenige Wochen nach dem Unfalltod der Prinzessin. Ende September 2017 gelangte eine Abschrift des Interviews an die Öffentlichkeit. Die Empörung war groß, aber Trump blieb sich treu:

26. September 2017

Ein Mann, der keine PRINZESSINNEN NAGELN will, ist kein MANN. Wer allerdings eine AIDSKRANKE PRINZESSIN NAGELN will, ist ein DUMMKOPF. Beides richtig? Beides richtig. Also: WO IST DAS PROBLEM??

⋆

In seinem Buch »God and Donald Trump«, das im November 2017 erschien, vertrat der evangelikale Christ Stephen E. Strang die These, dass Donald Trump von Gott gesandt worden sei. »Ich habe auch mit mehreren religiösen Führern gesprochen, die als moderne Propheten gelten«, schrieb Strang. »Viele dieser Personen hatten lange vor der Wahl geweissagt, dass Gott Donald Trump auferziehe wie den alten persischen König Kyros den Großen, einen Heiden, der von Gott für einen Zweck auserwählt wurde, den nur er erfüllen konnte. Die Propheten haben mir gesagt, sie wüssten mit Bestimmtheit, dass Trump gewinnen werde. Und siehe da, er hat gewonnen.«

Trump befand sich damals gerade auf einer anstrengenden Asienreise, aber als er hörte, dass er von einem einflussreichen Publizisten mit Kyros dem Großen gleichgesetzt worden war, nahm er sich die Zeit für eine Tagebuchnotiz:

10. November 2017

Ich weiß ja nicht, was dieser Kyros im Mittelalter so alles getrieben hat. Wenn man seine Taten neben meine hält, wird man ihn jedenfalls nur noch KYROS DEN KLEINEN nennen und ihn gemeinsam mit ALEXANDER DEM KLEINEN vom Sockel stoßen. Niemand hätte sich vorstellen könne, was ich als Präsident geleistet habe, und die Historiker geben mir darin heute schon RECHT.

*

Einkommensschwache Familien würden durch die von Donald Trump geplanten Steuergesetze schlechter gestellt, während er selbst dadurch gewinne, schrieb die »New York Times« im Dezember 2017. »Zahlreiche Branchen werden von der Steuerreform der Republikaner profitieren, aber vielleicht keine so spektakulär wie die Branche, in der Mr. Trump seine Reichtümer erworben hat: gewerbliche Immobilien.«

Für Trump war das ein weiterer Anlass, den ökonomischen Sachverstand seiner Kritiker anzuzweifeln:

17. Dezember 2017

Meine Feinde wollen, dass ich ALMOSEN an BETTLER verteile. Ich will aber nicht, dass die faulen Bettler ein besseres Auskommen haben und sich mit ihrem Los zufriedengeben. Sie sollen sich sagen: ICH WILL WERDEN WIE DONALD TRUMP! Denn das ist möglich! Aus jedem Bettler kann ein Immobilienentwickler werden! Auch ich selbst habe mich aus kleinen und beengten Verhältnissen nach ganz oben gearbeitet. Soll ich mich dafür jetzt BESTRAFEN?? Das wäre ein TOTAL FALSCHES SIGNAL an die Unterschicht.

*

Anfang Januar 2018 twitterte Trump: »Der nordkoreanische Führer Kim Jong-un hat gerade erklärt, dass der ›Nuklear-Knopf sich jederzeit auf seinem Schreibtisch befindet‹. Würde ihm bitte jemand aus seinem erschöpften und unterernährten Regime mitteilen, dass auch ich einen Nuklear-Knopf habe, aber er ist viel größer & mächtiger als seiner, und mein Knopf funktioniert!«
In einer stillen Stunde dachte Trump noch einmal darüber nach, und ihm kamen Zweifel an der Angemessenheit seiner Äußerung:

3. Januar 2018

Ich brauche einen TOP-SPION, der herausfindet, wie groß Kims Knopf tatsächlich ist. Und wenn er größer als meiner ist, dann muss das Pentagon mir DEN GRÖSSTEN KNOPF bauen, den die Welt je gesehen hat. Er muss so groß sein wie der berühmte KOLOSS VON RHODESIEN!!

*

Nicht alle Sicherheitsberater des Präsidenten waren begeistert davon, dass er seinem Schwiegersohn Jared Kushner erlaubt hatte, im Weißen Haus ein »Büro für amerikanische Innovation« zu installieren. Die Bedenken wuchsen, als die »Washington Post« ihn im Februar 2018 als Marionette ausländischer Mächte beschrieb: »Beamte aus den Vereinigten Arabischen Emiraten haben Kushner als besonders gut manipulierbar bezeichnet, da seine Familie auf der Suche nach Investoren für ihre Immobiliengesellschaft ist.«
Donald Trump fand das lächerlich:

27. Februar 2018

Jared ist ein feiner Kerl und KNALLHART, wenn es ums Geschäft geht. Der einzige Mensch, der ihn manipulieren kann, BIN ICH. In meinem Leben habe ich mehr Schwiegersöhne manipuliert, als es sich die Kameltreiber in den Emiraten überhaupt VORSTELLEN können.

⋆

Im März 2018 hob Chinas Nationaler Volkskongress die Begrenzung der Amtszeit des Staats- und Parteichefs Xi Jinping auf und ernannte ihn zum Präsidenten auf Lebenszeit. Diese Neuigkeit ließ Trump aufhorchen:

12. März 2018

Die Chinesen werden uns ABHÄNGEN, wenn wir nicht auch bei uns für mehr Führungsstabilität sorgen. Ich traue mir EIN DUTZEND AMTSZEITEN zu. Wir müssen dafür nur die Verfassung ändern. Die meisten Juristen teilen diese Ansicht. Ich habe mit vielen von ihnen telefoniert, auch mit hohen und höchsten Richtern und Rechtsgelehrten, mit unfassbar vielen von ihnen, man kann sie gar nicht mehr zählen, und sie alle haben mir gesagt: LEGEN SIE LOS, HERR PRÄSIDENT! REFORMIEREN SIE DIE VERFASSUNG! WIR STEHEN HINTER IHNEN!

⋆

In einem an Donald Trump adressierten Tweet stellte der ehemalige CIA-Direktor John Brennan am 17. März 2018 fest: »Wenn das volle Ausmaß Ihrer Bestechlichkeit, moralischen Verwerflichkeit und politischen Korruption an den Tag kommt, werden Sie Ihren rechtmäßigen Platz als ehrloser Demagoge im Mülleimer der Geschichte einnehmen.«
Das ließ Trump nicht auf sich sitzen:

17. März 2018

Nach allem, was ich gehört habe, ist Blödi John Brennan der miserabelste Spion DER GESAMTEN WESTLICHEN GLOBOSPHÄRE. Er hat alles vermasselt, von der Tet-Offensive über die Iran-Contra-Affäre bis zur Invasion in der Schweinebucht. Und von diesem WÜRSTCHEN soll ich mir Kritik gefallen lassen? Man braucht sich nur die Umfragewerte anzusehen: In denen kommt John Brennan ÜBERHAUPT NICHT VOR!!

⋆

Mit Bestürzung nahmen Donald Trumps Berater wahr, wie ungezwungen er sich im Juni 2018 in Singapur mit dem nordkoreanischen Despoten Kim Jong-un austauschte. Es war ein sensationeller

Öffentlichkeitserfolg für Kim und eine verheerende diplomatische Niederlage für die USA. Näheres dazu kann man auf den Seiten 108ff. in dem Buch »The Room Where It Happened« nachlesen, das Trumps ehemaliger Nationaler Sicherheitsberater John Bolton 2020 veröffentlicht hat.
Trump jedoch war überglücklich:

12. Juni 2018

KIM liegt mir zu Füßen. Und er versteht mich besser als meine eigenen Leute! Er schaut zu mir auf. Ich habe ihm in die Augen gesehen, und sie haben mir gesagt: DU BIST DER ERSTE AMERIKANISCHE PRÄSIDENT, DEM ICH GEHORCHEN WERDE!!! Nukleare Bedrohung durch Nordkorea? Das war gestern unter dem Betrüger Obama. Heute habe ich sie beseitigt. In seinem eigenen Land ist Kim eine große Nummer, aber vor mir krümmt er sich wie ein WURM.

*

Hinter verschlossenen Türen unterhielt Donald Trump sich am 16. Juli 2018 in Helsinki zwei Stunden lang mit Wladimir Putin. Auf einer gemeinsamen Pressekonferenz mit ihm erklärte Trump anschließend, Putin habe ihm sehr nachdrücklich versichert, dass es keine Einmischung Russlands in den amerikanischen Wahlkampf gegeben habe. Die anderslautenden Berichte seiner Geheimdienste tat Trump als unglaubwürdig ab.
Auch bei republikanischen Spitzenpolitikern stieß er damit auf scharfe Kritik. »Die heutige Pressekonferenz in Helsinki war eine der schändlichsten Darbietungen eines amerikanischen Präsidenten seit Menschengedenken«, sagte beispielsweise der Senator John McCain. Das Gipfeltreffen sei »ein tragischer Fehler« gewesen.

Trump habe dem Tyrannen Putin bewusst eine Plattform für die Verbreitung von Propaganda und Lügen bereitgestellt.
Wieder einmal fühlte Trump sich verkannt:

17. Juli 2018

KLEINE KLÄFFER wie McCain werden nie begreifen, dass Weltpolitiker wie Wladimir und ich in einem völlig anderen Kosmos agieren. Aber wer hört schon auf diese Primitivlinge, die so reden, als würden sie KUHFLADEN FRESSEN?? Was am Ende zählt, sind meine GLOBALEN VERHANDLUNGSERFOLGE. Die Allianz mit Russland ist ein historischer MEILENSTEIN. Und ich werde auch die Chinesen noch weichkochen!!

⋆

Steven Hall, ein ehemaliger Verbindungsbeamter der CIA in Moskau, äußerte drei Tage danach auf CNN den Verdacht, dass der Kreml kompromittierendes Material besitze und Trump damit erpresse. Im Tagebuch des US-Präsidenten trug Hall diese Stellungnahme eine schlechte Haltungsnote ein:

20. Juli 2018

Wenn ich Steven Hall zwischen die Finger kriege, werde ich ihn eigenhändig HÄUTEN, FILETIEREN und IN KOCHENDEM GRILLFETT ERSÄUFEN. Er hat alle unsere Ideale entweiht. Wie tief will er noch sinken?

⋆

Der US-Admiral a. D. William McRaven, der maßgeblich an der militärischen Operation beteiligt war, die zur Tötung von Osama Bin Laden geführt hatte, teilte Donald Trump im August 2018 in einem offenen Brief in der »Washington Post« mit, was er von ihm hielt: »Durch Ihre Handlungen haben Sie uns in den Augen unserer Kinder in Verlegenheit gebracht, uns auf der Weltbühne gedemütigt und uns, was am schlimmsten ist, als Nation gespalten.« Trump wiederum hielt rein gar nichts von William McRaven:

16. August 2018

Der Schnullerlutscher Billie McRaven hat JAHRE gebraucht, um Osama auszuschalten. Meine Administration hätte das in SEKUNDENSCHNELLE erledigt. Was soll so schwer daran sein? Es ist wie mit Filzläusen. Man lokalisiert den Feind und verpasst ihm ein Pestizid. BUMM. Und was hat McRaven getan?? Ich kenne viele Leute, vertrauenswürdige Leute aus den höchsten Geheimdienstkreisen, auch aus dem State Department und sogar aus dem Ausland, die sagen, dass er mit den nigerianischen Terroristen von PROCOL HARUM unter einer Decke steckt.

*

Der Hurrikan Florence, der im September 2018 die amerikanische Ostküste getroffen hatte, sei hart gewesen, sagte Trump. »Einer der nassesten, die wir je gesehen haben, vom Standpunkt des Wassers aus.« Viele Kommentatoren belustigte das, doch er meinte es ernst:

19. September 2018

Vom Standpunkt des Wassers aus ist der gesamte Atlantik eines der nassesten Weltmeere, die wir kennen. Der Golfstrom und der Nordpazifikwirbel spielen hier mit herein, und die meisten Wasserbiologen teilen meine Meinung, dass wir die Windgeschwindigkeiten über den Wellen genauer analysieren müssen, als Obama es getan hat. Instinktiv würde ich sagen, dass auch der Salzgehalt des Wassers ein Faktor ist. In der Magellanstraße liegt er höher als im Ärmelkanal oder im Beringmeer. Ich habe viele Studien darüber gelesen.

*

Am 2. Oktober 2018 berichtete die »New York Times«, dass dem ständig klammen Donald Trump von seinem Vater im Laufe der Jahrzehnte mindestens 413 Millionen Dollar zugeschustert worden seien und dass ein großer Teil dieser Summe aus hinterzogenen Steuergeldern stamme. Für den Herausgeber der »New York Times«, Arthur Gregg Sulzberger, und den Chefredakteur Dean Baquet zog Trump deswegen harte Strafen in Erwägung:

2. Oktober 2018

Es reicht nicht, Sulzberger und Baquet zu verklagen und sie Geld bluten zu lassen, bis ihnen nichts anderes mehr übrigbleibt, als ihre eigenen Mütter in die Sklaverei zu verkaufen. Diese Schnüffler müssen außer Landes geschafft und in die Obhut eines afrikanischen WARLORDS gegeben werden. Haben wir da in der Tundra nicht irgendwelche Alliierten, die Kanonenfutter brauchen??

*

Die Ermordung und Zerstückelung des Journalisten Jamal Khashoggi im saudi-arabischen Konsulat in Istanbul löste im Oktober 2018 eine Welle internationaler Proteste aus. Aus gutem Grund vermutete man, dass der saudische Prinz Mohammed bin Salman den Mord an Khashoggi in Auftrag gegeben habe. Über die bestmögliche Reaktion der USA auf diesen Vorfall unterhielt Donald Trump sich mit seinem Schwiegersohn und Chefberater Jared Kushner und hielt die Ergebnisse im Tagebuch fest:

29. Oktober 2018

Niedriger hängen, meint Jared. Prinz Salman = wichtiger Verbündeter. Wer war überhaupt dieser Khoshaggi oder Meschugghi? Ein Querulant. Schwamm drüber. Habe Jared dann noch gesagt, dass er ein anderes Aftershave benutzen soll.

*

Earl R. Miller, der US-amerikanische Botschafter in Dhaka, der Hauptstadt von Bangladesch, erhielt am 8. Januar 2019 einen Anruf von Donald Trump. Aus dem Protokoll des Telefonats geht hervor, dass Miller und der Präsident unterschiedliche Auffassungen über die Geographie Südasiens vertraten:

Der Präsident: Ich komme sofort zur Sache. Wir brauchen mehr Abnehmer für unseren Mais. Kann Bangladesch mehr Mais importieren?
Botschafter Miller: Mais gibt es hier genug, Herr Präsident. Es wäre kaum sinnvoll für Bangladesch, amerikanischen Mais zu importieren.
Der Präsident: Es gibt keinen besseren Mais als amerikanischen Mais. Die Bangladeschis können ihn weiterverkaufen. Sie wer-

den eine gewaltige Summe damit verdienen, eine ganz gewaltige Summe. Denken Sie an die Asean-Freihandelszone. Sie können jede Menge Geld damit machen.
Botschafter Miller: Bangladesch gehört dieser Freihandelszone nicht an.
Der Präsident: Sie können den Mais auch an ihre Nachbarländer weiterverkaufen. Sagen wir, nach Kuala Lumpur und so weiter.
Botschafter Miller: Bei allem Respekt, Herr Präsident – Kuala Lumpur ist die Hauptstadt von Malaysia, und Malaysia grenzt nicht an Bangladesch.
Der Präsident: Das weiß ich. Aber es grenzt an Manila. Erinnern Sie sich an den Boxkampf? Muhammad Ali gegen George Foreman. Der berühmte »Thrilla in Manila«. Ein toller Kerl, Muhammad Ali. War bei meiner Hochzeit mit Melania in Palm Beach. Und wenn ich eines von ihm gelernt habe, dann das: Wer nicht mein Freund ist, der ist mein Feind. Ist Bangladesch noch unser Freund?
Botschafter Miller: Unsere bilateralen Beziehungen sind gut.
Der Präsident: Denn wenn es zu Spannungen im Stillen Ozean kommt, müssen wir uns auf Bangladesch verlassen können. Sie wissen, wie unsere Kriegsmarine arbeitet. Ich kann sie sofort von der Leine lassen. Die United States Army Pacific hat einen langen Arm. Gute Jungs. Gute Jungs. Die fackeln nicht lange. Eine falsche Bewegung, und sie löschen Bangladesch aus. Für immer. Sagen Sie das dem Präsidenten. Wie heißt er noch?
Botschafter Miller: Abdul Hamid.
Der Präsident: Schlechter Name. Klingt so arabisch. Sollte sich umbenennen. Und er soll unseren Mais kaufen. Machen Sie ihm das unmissverständlich klar!

Wie man einem Tagebucheintrag entnehmen kann, hatte Trump nach diesem Gespräch keine hohe Meinung von Miller:

MEMORANDUM ON TELEPHONE CONVERSATION

SUBJECT: Telephone conversation with Ambassador Earl R. Miller in Dhaka, Bangladesh

PARTICIPANTS: Ambassador Earl R. Miller

NOTETAKERS: The White House Situation Room

DATE, TIME AND PLACE: January 8, 2019, 11:07 – 11:15 a.m. EDT Residence

The President: I'll come straight to the point. We need more customers for our maize. Can Bangladesh import more maize?

Ambassador Miller: There's plenty of maize here, Mr President. It would hardly make sense for Bangladesh to import American maize.

The President: There is no better maize than American maize. The Bangladeshis can sell it on. They will make a huge amount of money on it, a huge amount of money. Remember the Asean Free Trade Zone. They can make a lot of money with it.

Ambassador Miller: Bangladesh is not part of this Free Trade Zone.

The President: They can also resell the maize to their neighbouring countries. Say, to Kuala Lumpur and so on.

Ambassador Miller: With all due respect, Mr President, Kuala Lumpur is the capital of Malaysia, and Malaysia does not border Bangladesh.

The President: I know that. But it borders Manila. Remember the boxing match? Muhammad Ali against George Foreman. The famous "Thrilla in Manila". Terrific guy, Muhammad Ali. Was at my wedding to Melania in Palm Beach. And if there's one thing I learned from him, it's that if you're not my friend, you're my enemy. Is Bangladesh still our friend?

Ambassador Miller: Our bilateral relations are good.

The President: Because when tensions arise in the Pacific Ocean, we have to rely on Bangladesh. You know how our navy does things. I can let them off the leash right now. The United States Army Pacific has a long arm. Good boys. Good boys. They don't mess around. One wrong move, and they wipe out Bangladesh. Forever. Tell that to the President. What's his name again?

Ambassador Miller: Abdul Hamid.

The President: Bad name. Sounds so Arabic. Should change that name. And he should buy our maize. Make that perfectly clear to him!

8. Januar 2019

Wortkarger Typ, dieser Earl Miller. Ideenlos, maulfaul, schlaff und besserwisserisch. Könnte eine MEMME sein. Wenn er nicht bald in die Gänge kommt, muss ich ihn zerdrücken wie eine WANZE.

⋆

Der geschasste ehemalige FBI-Direktor Andrew McCabe erklärte im Februar 2019 auf CNN, er halte es für möglich, dass Donald Trump ein russischer Agent sei, und der ehemalige Nationale Geheimdienstdirektor James R. Clapper sagte, dass er in diesem Punkt vollkommen mit McCabe übereinstimme. Trump zog daraus den Schluss, dass er zu gutmütig gewesen sei:

20. Februar 2019

Ich hätte viel härter durchgreifen müssen. Schon vor drei Jahren. Eine NACHT DER LANGEN MESSER wäre die Lösung gewesen. Aber noch ist es nicht zu spät. McCabe und Clapper müssen ALS HOCHVERRÄTER HINGERICHTET WERDEN!

⋆

Der US-amerikanische Student Otto Warmbier war Anfang Januar 2016 in Pjöngjang wegen des angeblichen Diebstahls eines Propagandaposters verhaftet, in einem Schauprozess zu fünfzehn Jahren Arbeitslager verurteilt und so schwer gefoltert worden, dass er im Juni 2017, wenige Tage nach seiner vorzeitigen Entlassung und seiner Überstellung in die USA, verstarb. Ende Februar 2019 traf Trump in Hanoi mit Kim Jong-un zusammen und sprach ihn

auf diesen Fall an. Die Antwort stellte Trump zufrieden. »Es sind ein paar schlimme Dinge mit Otto passiert«, sagte er. »Aber Kim hat mir gesagt, dass er nichts darüber weiß, und ich nehme ihn beim Wort.«
Das Tagebuch gibt Aufschluss über Trumps Hintergedanken:

28. Februar 2019

Soll ich mir meine Außenpolitik von einem toten Studenten diktieren lassen? Wer so denkt, der versteht NICHTS von GLOBALER WELTPOLITIK. Hätte Harry Truman etwa den Friedensvertrag von Versailles nicht unterschreiben sollen, nur weil die Franzosen oder die Krimtataren irgendwann mal einem amerikanischen Touristen den Reisepass entzogen haben?? Kim und ich stehen kurz vor dem größten anti-nuklearen Vertrag seit dem WIENER KONGRESS!!

*

Anfang April 2019 berichtete das Nachrichtenmagazin »Time«, dass Trump von seinen Sicherheitsberatern korrigiert worden sei, nachdem er die Republik Nepal und das Königreich Bhutan in einer internen Besprechung als Landesteile Indiens bezeichnet habe. Er selbst erinnerte sich anders an das Gespräch:

2. April 2019

TIME meldet wahrheitswidrig, dass ich etwas Falsches über Indien gesagt hätte. FAKE NEWS! In Wirklichkeit habe ich in dieser Sitzung über die Lage in der Ukraine gesprochen. Und welche Ratte hat TIME die Indien-Sache verraten?? Ich kann NIEMANDEM mehr trauen. Nicht mal dem feisten Mike Pompeo. Dem am wenigsten. Jetzt brauche ich ihn noch, aber in meiner nächsten Amtszeit werde ich ihn SCHLACHTEN, bevor er mir gefährlich werden kann.

*

Der offizielle »Bericht über die Untersuchung der russischen Einmischung in die Präsidentschaftswahlen 2016«, der im April 2019 erschien, bereitete Trump aus vielen Gründen Verdruss. Am meisten ärgerte sich der Präsident über eine Passage, in der stand, mit welchen Worten er zwei Jahre zuvor gegenüber dem US-Justizminister Jeff Sessions auf die Nachricht reagiert habe, dass in dieser Sache ein Sonderermittler eingesetzt worden sei: »O mein Gott. Das ist schrecklich. Das ist das Ende meiner Präsidentschaft. Ich bin am Arsch« (»Oh my God. This is terrible. This is the end of my Presidency. I'm fucked«). Das sei, so schrieb er, eine Verleumdung:

18. April 2019

Es ist UNMÖGLICH, dass ich das gesagt habe. Denn ERSTENS bin ich ein MEISTER DER SELBSTBEHERRSCHUNG, und ZWEITENS wusste ich schon damals, dass diese DRECKIGE, von VERLAUSTEN ANARCHISTEN & SCHWEINEHUNDEN inszenierte HEXENJAGD in sich zusammenfallen wird WIE EIN BESCHISSENES KARTENHAUS!!!

*

Einige Verwirrung stiftete Trump im Juni 2019 mit einem Tweet, in dem er behauptete, dass der Mond ein Bestandteil des Planeten Mars sei. Auch hierzu findet sich ein Eintrag im Tagebuch:

8. Juni 2019

Als Wandelstern gehört der Mond genauso zu unserem interstellaren Sonnensystem wie der MARS, den wir spätestens 2024 in Besitz nehmen werden. Und dann … auf zum SATURN! Ich habe eine Vorahnung, dass es dort große Bodenschätze gibt. Kohle, Öl, Magnesium, Eisen, Erz, Graphit und viele andere Dinge, viele andere Dinge. Auch Kupfer, Gold und Sauerstoff. Ganz ungeheuer viele Dinge.

*

In seiner Rede zum amerikanischen Nationalfeiertag am 4. Juli 2019 rühmte Trump den US-Soldaten nach, dass sie im Jahre 1775 die britischen Flughäfen eingenommen hätten. Als Trump mit sich und seinem Tagebuch allein war, fand er bei einem großen Glas Diät-Cola eine Rechtfertigung für seinen Lapsus:

4. Juli 2019

Irgendein Sausack muss den Teleprompter manipuliert haben!!!!

*

Auf raffinierte Weise entzog Donald Trump sich lästigen Reporterfragen, indem er seine Pressekonferenzen in die Nähe rotierender Hubschrauberflügel verlegte. Bei diesen lärmigen »chopper talks« fiel es ihm leichter, so zu tun, als hätte er die eine oder andere Frage überhört. Diesen Trick fand er ungemein pfiffig:

23. August 2019

Ich sollte mir meine CHOPPER TALKS patentieren lassen. Dann muss jeder Prominente, der sie nachmacht, Geld an mich abdrücken. MONEY MAKES THE HELICOPTER WINGS GO ROUND …

*

Viele Jahre zog sich der Streit darüber hin, ob Donald Trump ein Verhältnis mit der Pornofilmschauspielerin Stormy Daniels unterhalten habe und aus welcher Kasse die 130 000 Dollar Schweigegeld stammten, die sie von Trumps Rechtsanwalt Michael Cohen erhalten hatte. Es war zu schwerwiegenden gegenseitigen Anschuldigungen und langwierigen Gerichtsprozessen gekommen, aber im Oktober 2019 wollte Stormy Daniels das Kriegsbeil begraben und schickte Trump ein Versöhnungsangebot ins Weiße Haus:

Hallo Donald, mein süßes Kuschelhäschen!
Können wir nicht einfach wieder Freunde sein? So wie in alten Zeiten?
Lass uns doch das dumme, dumme Gezänk vergessen …
Ich sehne mich nach Dir und Deinem Kussmund!
Küsschen Küsschen Küsschen Küsschen
Melde Dich!
Dein Schmusekätzchen
Stormy

Als er das las, hatte Trump gerade ein Handelsabkommen mit Japan unterzeichnet und den Abzug amerikanischer Spezialeinheiten aus Syrien angekündigt. In seinem Tagebuch hinterließ Stormy Daniels' Brief nur eine kurze Spur:

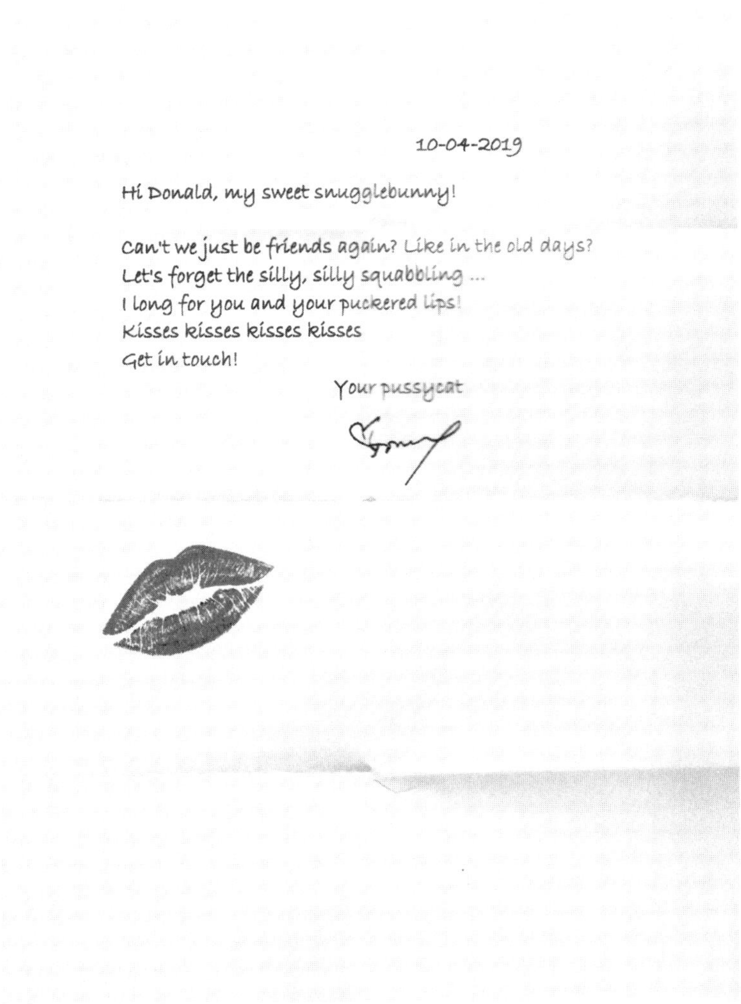

10-04-2019

Hi Donald, my sweet snugglebunny!

Can't we just be friends again? Like in the old days?
Let's forget the silly, silly squabbling ...
I long for you and your puckered lips!
Kisses kisses kisses kisses
Get in touch!

Your pussycat

7. Oktober 2019

Die tückische STORMY schleimt sich wieder an mich heran. Kann mir nicht widerstehen, die alte Natter. Welcher Mann hätte mich auch ersetzen können??? Aber diesmal lasse ich sie ZAPPELN!!!

*

Bei seinem Besuch im Weißen Haus machte der türkische Staatspräsident Recep Tayyip Erdoğan im November 2019 einen durchwachsenen Eindruck auf Donald Trump:

13. November 2019

Der türkische Präsident regiert mit harter Hand, und das macht er gut. ABER: Er ist acht Jahre jünger als ich und sieht FÜNFZIG JAHRE älter aus. Ein GREIS. Erloschen, faltig, grau. Weshalb lässt er sich die Tränensäcke nicht wegmachen? Sie sehen aus wie alte TRECKERREIFEN. Widerlich. Doch leider brauchen wir diesen Kerl. Er hält die Kurden kurz.

*

Anfang Januar 2020 bedachte der Dalai Lama den US-Präsidenten mit einem Brief:

Sehr geehrter Herr Präsident,
von ganzem Herzen wünsche ich Ihnen und auch Ihrer Frau ein gesegnetes neues Jahr.
Mit Spannung erwartet die gesamte Welt den Ausgang Ihrer Verhandlungen mit der chinesischen Staatsführung. Es wäre mir

THE DALAI LAMA

3 January 2020

The President
The White House
1600 Pennsylvania Avenue NW
Washington, D.C. 20500
United States of America

Dear Mr. President,

With all my heart I wish you and also your wife a blessed new year.

The whole world is eagerly awaiting the outcome of your negotiations with the Chinese leadership. I would be delighted if you, Mr. President, had the goodness to include the human rights situation in Tibet in these talks. I know that you are a great humanitarian and an unswerving champion of justice, and I trust that you know higher goods than money.

I would be happy to visit you soon in your beautiful country.

With my prayers and good wishes,

Yours sincerely,

eine Freude, wenn Sie, sehr geehrter Herr Präsident, die Güte hätten, bei diesen Unterredungen auch die Lage der Menschenrechte in Tibet anzusprechen. Ich weiß, dass Sie ein großer Menschenfreund und ein unbeirrbarer Vorkämpfer der Gerechtigkeit sind, und ich vertraue darauf, dass Sie höhere Güter kennen als das Geld.
Mit Freuden würde ich Sie in Ihrem schönen Land demnächst einmal besuchen kommen.
Mit meinen Gebeten und guten Wünschen
Hochachtungsvoll
Tenzin Gyatso

Doch bei Trump verfingen diese Schmeicheleien nicht:

6. Januar 2020

Das Letzte, was ich bei meinem Deal mit China brauche, ist ein ärmelloser Mönch, der seine Klappe nicht halten kann. Glaubt der Dalai Lama etwa, dass ich der Freiheit seiner Sekte BILLIONEN UND BILLIARDEN DOLLAR opfere? Vom Big Business versteht er so viel wie eine Milbe vom Eierkraulen. Wenn's nach mir geht (UND ES GEHT NACH MIR!), dann können er und seine Jünger in ihrer Himalayahöhle in der Mongolei VERSCHIMMELN.

*

Das Coronavirus SARS-CoV-2 fand in Donald Trumps Tagebuch erstmals am 18. Januar 2020 Erwähnung, nachdem ihn der Gesundheitsminister Alex Azar davon unterrichtet hatte, dass er sich Sorgen mache:

18. Januar 2020

Eine Viertelstunde lang hat mich der Schlauberger Azar mit Unsinn über eine chinesische Mikrobe gelangweilt. Wir haben M1-ABRAMS-KAMPFPANZER und NIGHTHAWKS und LENKWAFFENKREUZER, und Azar fürchtet sich vor einer BAZILLE!!!

*

Nachdem Donald Trump die Corona-Pandemie Ende Februar 2020 öffentlich als »neuen Schwindel« der Demokraten bezeichnet hatte, pflichtete Ron DeSantis, der Gouverneur von Florida, dem Präsidenten energisch bei:

Sehr geehrter Herr Präsident!
Meine herzlichsten Glückwünsche zu der Abfuhr, die Sie der Hysterie um das Coronavirus erteilt haben! Die Demokraten wollen Panik verbreiten und das ganze Land in eine Krise stürzen, aber damit werden sie keinen Erfolg haben!
In Florida ist bis jetzt noch kein einziger Fall von »Corona« gemeldet worden. Wo mag es nur stecken, das böse Virus, vor dem wir uns alle fürchten sollen? Vielleicht ist es auf dem Weg von China zu uns im Pazifik ertrunken.
Armes Virus! Aber in Florida wäre es ihm sowieso viel zu heiß.
Machen Sie so weiter, sehr geehrter Herr Präsident! Ganz Florida steht hinter Ihnen!
Mit begeisterten Grüßen, Ihr
Ron DeSantis

Trump vermerkte diese Ergebenheitsadresse mit Genugtuung:

Ron DeSantis
Governor

March 2, 2020

The President
The White House
1600 Pennsylvania Avenue, N.W.
Washington, DC 20500

Dear Mr. President:

My warmest congratulations on the rejection you have given to the hysteria about the coronavirus! The Democrats want to spread panic and plunge the whole country into a crisis, but they will not succeed with that!

Not a single case of 'Corona' has been reported in Florida. Where is this evil virus that we should all be afraid of? Maybe it drowned in the Pacific Ocean on its way from China.

Poor Virus! But Florida would be way too hot for it anyway.

Keep it up, Mr. President! All Florida is behind you!

Enthusiastically yours,

Ron DeSantis
Governor

THE CAPITOL
Tallahassee, Florida 32399 • (850) 717-9249

4. März 2020

Ron DeSantis hat meine volle und uneingeschränkte Unterstützung!!! Er ist ein mutiger Anführer und ein Kämpfer für die Rechte der Menschen in Florida. Ein politisches NATURTALENT. Und Ron hat RECHT. In Florida ist es ZU WARM für das Virus. Viele Ärzte haben mir das bereits bestätigt.

*

Der Journalist Peter Alexander von NBC sprach den Präsidenten am 20. März 2020 bei einer Pressekonferenz im Weißen Haus darauf an, dass es inzwischen fast zweihundert Todesopfer der Covid-19-Pandemie und fast vierzehntausend Erkrankte gebe, und er fragte ihn, was er den Amerikanern sage, die jetzt Angst hätten. Trumps Antwort lautete: »Ich sage, dass Sie ein schrecklicher Reporter sind. Das sage ich. Ich glaube, das ist eine sehr heimtückische Frage. Und ich glaube, es ist ein sehr schlechtes Signal, das Sie dem amerikanischen Volk geben.«
Das Tagebuch enthält einen kurzen Kommentar zu diesem Wortwechsel:

20. März 2020

Wie stehe ich vor meinen engsten Freunden da, wenn ich mir solche unverschämten Fragen stellen lassen muss?? In Riad oder Moskau wäre dieser Peter Alexander längst mit einem Zementsockel an den Füßen im Nil beziehungsweise in der Prawda versenkt worden. UND ER WÜRDE NIEMANDEM FEHLEN!

*

In seinen neuen Generalpostmeister Louis DeJoy setzte Donald Trump im Mai 2020 volles Vertrauen:

8. Mai 2020

Louis wird das Ding schon schaukeln. Wenn kein Brief mehr pünktlich ankommt, kann ich die Wahlen auf unbestimmte Zeit verschieben. Und dann werde ich Fat Louis ABSCHIESSEN. Jetzt ist er noch ein nützlicher Idiot, aber nach dem Wahltag wird er sich nach einem Job umsehen müssen …

⋆

Als Vizepräsident ging Mike Pence mit Donald Trump durch dick und dünn und verteidigte ihn auch dann noch öffentlich, als die katastrophale Bilanz seiner Amtszeit nicht mehr zu übersehen war. In einem vertraulichen Brief an einen Freund äußerte Pence sich Ende Juni 2020 jedoch anders als in der Öffentlichkeit:

Lieber George:
Vielen Dank für Dein Mitgefühl. Ich war schon oft drauf und dran, das Handtuch zu werfen, und ich kann Dir nur beipflichten: Der Präsident benimmt sich wie ein mondsüchtiges Trampeltier.
Er hat es sich in einem Paralleluniversum bequem gemacht und spielt mit seinem Donald, anstatt sich um das Wohl der Nation zu sorgen. Er ist, wie ich leider zugeben muss, ein twitternder Schandfleck auf unserer stolzen Flagge und zudem das dümmste und ignoranteste Individuum unter der Sonne des Okzidents. Ich schäme mich zutiefst dafür, dass ich diesem Schwachkopf diene.
Doch ich kann nicht anders. Er kennt zu viele meiner kleinen Geheimnisse.

THE VICE PRESIDENT
WASHINGTON

June 26, 2020

Dear George:

Thank you for your sympathy. I've been about to throw in the towel many times, and I agree with you: The president is behaving like a clumsy moonstruck oaf.

He has made himself comfortable in a parallel universe and plays with his Donald instead of caring about the welfare of the nation. He is, I'm afraid to admit, a twittering eyesore on our proud flag and also the stupidest and most ignorant individual under the sun of the Occident. I am deeply ashamed to serve this moron.

But I can't help it. He knows too many of my little secrets.

Sometimes I have thought about defecting to the enemy and applying for asylum in North Korea! Then I wouldn't have to look at Trump's geeky mug anymore.

Oh, boy! I'd love that!

Dreams, sweet dreams...

Affectionately,

Manchmal habe ich schon daran gedacht, zum Feind überzulaufen und Asyl in Nordkorea zu beantragen! Dann müsste ich Trumps dämliche Visage nie mehr vor mir sehen.
O Junge! Wie wäre das schön!
Träume, süße Träume …
Liebe Grüße
Mike

Eine Kopie dieses Briefs, für den Pence leichtsinnigerweise ein offizielles Formular benutzt hatte, wurde Trump zugespielt. Sie bildete seither das schärfste Druckmittel, das er gegen Pence in der Hand hatte.

*

Ende Juni 2020 ging die Nachricht um die Welt, dass Russland den Taliban Kopfgelder für die Ermordung amerikanischer Soldaten in Afghanistan gezahlt habe und dass Donald Trump von seinen Geheimdiensten bereits im Februar darüber informiert worden sei und trotzdem nichts unternommen habe. Er bestritt, dass er gebrieft worden sei, und tat die ganze Sache als »Schwindel« ab. Der Vier-Sterne-General a. D. Barry McCaffrey, ein Veteran der US-amerikanischen Streitkräfte, erklärte daraufhin in dem Trump verhassten Fernsehsender MSNBC, dass der Präsident vollkommen charakterlos sei und die Sicherheit der USA gefährde. McCaffrey hatte sich schon mehrmals kritisch über ihn geäußert. Diesmal schlug Trump zurück, wenn auch nur in seinem Tagebuch:

1. Juli 2020

Schlappschwanz McCaffrey gehört vor ein KRIEGSGERICHT. Man muss ihm das freche LÜGENMAUL stopfen. Wahrscheinlich hat er auch im Vietnamkrieg nur herumgejammert und sich bei feindlichem Feuer unterm Bett versteckt. Menschlicher ABFALL!

*

In einem Tweet bezeichnete Trump den Schriftzug »BLACK LIVES MATTER« am 1. Juli 2020 als »Symbol des Hasses«, das die luxuriöse Fifth Avenue entwürdige. Das trug ihm ein Kompliment der besonderen Art ein:

Sehr geehrter Herr Präsident!
Wir sind stolz auf Sie und Ihren Mut! Sie wissen, wie sehr man uns hasst, obwohl wir nur den Lehren der Bibel folgen und die weiße Rasse so rein erhalten wollen, wie Gott es seinem auserwählten Volk bestimmt hat.
»BLACK LIVES MATTER« ist die Art hasserfüllten Geredes, das einen Rassenaufstand auslösen kann, und es ist vollkommen unamerikanisch.
Halten Sie uns die Treue! Wir kämpfen für Sie!
Steve Howard
IMPERIAL WIZARD
OF THE LOYAL WHITE KNIGHTS OF THE
KU KLUX KLAN

Trump diktierte sofort einen Antwortbrief, der jedoch nicht abgeschickt werden konnte, weil Steve Howard keine Absenderadresse angegeben hatte und es nicht einmal dem FBI gelang, sie zu ermitteln:

LOYAL WHITE KNIGHTS of the KU KLUX KLAN

Loyal White Knights of the Ku Klux Klan

July 1, 2020

Dear Mr President!

We are proud of you and your courage! You know how much we are hated, even though we only follow the teachings of the Bible and wish to keep the white race pure as God intended for His chosen people.

"BLACK LIVES MATTER" is the kind of hateful talk that can start a racial uprising, and it is absolutely un-American.

We fight for you!

Steve Howard
Imperial Wizard
of the Loyal White Knights of the
Ku Klux Klan

THE WHITE HOUSE

WASHINGTON

July 2, 2020

To
Mr. Steve Howard

Dear Mr. Howard:

Your letter shows me that the silent majority is on my side. We are all obliged to take action against the firebugs, rioters and looters – me as the President of the United States and you as an ordinary citizen.

Together we will create a country the likes of which the world has never seen. Bigger, stronger and more powerful than it has ever been.

Sincerely,

Sehr geehrter Herr Howard:
Ihr Schreiben zeigt mir, dass die schweigende Mehrheit auf meiner Seite ist. Wir alle sind dazu verpflichtet, gegen die Brandstifter, Krawallmacher und Plünderer vorzugehen – ich als Präsident der Vereinigten Staaten und Sie als einfacher Bürger.
Gemeinsam werden wir ein Land schaffen, wie es die Welt noch nicht gesehen hat. Größer, stärker und schlagkräftiger, als es je gewesen ist.
Mit freundlichen Grüßen
Donald Trump

*

»The Room Where It Happened«, das aufsehenerregende Enthüllungsbuch seines ehemaligen Sicherheitsberaters John Bolton, das im Juni 2020 erschienen war, nahm Trump erst Anfang Juli zur Hand. Er blätterte darin und blieb auf Seite 225 hängen, wo es heißt, dass er von seinem einstigen Außenminister Rex Tillerson als »verfickter Vollidiot« (»fucking moron«) bezeichnet worden sei. Für eine Tagebuchnotiz fand Trump keine Zeit, aber er versah diese Buchseite mit einem drastischen Kommentar (siehe Abbildung).

*

Vor Tausenden, die keine Maske trugen und keinen Abstand voneinander wahrten, sprach Donald Trump am 3. Juli 2020 am Mount Rushmore über die Größe der amerikanischen Nation. Jason Ravnsborg, der Generalstaatsanwalt von South Dakota, dankte dem Präsidenten dafür in warmen Worten:

"Are you okay?" Cohn asked him.

"He's a fucking moron," Tillerson said so everyone heard.

GO FUCK YOURSELF!!!

Trump left the meeting with Priebus, Bannon and Kushner just before 12:45 p.m. He spent a few moments greeting service members lined up in the corridor.

"The meeting was great," Trump told reporters. "A very good meeting."

He moved toward the presidential limousine.

"I'm glad you fucking decided to say something," Trump said to Bannon. "I needed some backup."

"You were doing great," Bannon said.

Treasury Secretary Mnuchin had followed them out. He wanted to make sure it was clear he was with Trump on the European allies. "I don't know if they're allies or not," he said. "I'm with you."

In the car, Trump described his advisers, "They don't know anything about business. All they want to do is protect everybody—that we pay for."

He said that the South Koreans, our allies, won't cut a new deal with us on trade. "And they want us to protect them from that crazy guy in the North."

Cohn concluded that Trump was, in fact, going backwards. He had been more manageable the first months when he was a novice.

For Priebus, it was the worst meeting among many terrible ones. Six months into the administration, he could see vividly that they had a fundamental problem of goal setting. Where were they going?

The distrust in the room had been thick and corrosive. The atmosphere was primitive; everyone was ostensibly on the same side, but they had seemed suited up in battle armor, particularly the president.

This was what craziness was like, Priebus concluded.

Sehr geehrter Herr Präsident!
Ihre große Rede zum Unabhängigkeitstag hat mich mit Stolz erfüllt. Nehmen Sie es bitte als Zeichen meiner Hochachtung, dass ich Ihnen davon schriftlich Mitteilung machen möchte.
Die Plünderer und Randalierer, die unser Land zerstören wollen, haben an diesem Abend nur wimmern können! Schon bald werden sie sich in ihre Löcher verkriechen.
Es freut mich, Ihnen mitteilen zu dürfen, dass wir die sogenannte Covid-19-Pandemie hier in South Dakota auch ohne Lockdown vollkommen unter Kontrolle haben.
Den Panikmachern geben wir keinen Fußbreit Boden preis!
Ich wünschen Ihnen einen überwältigenden Sieg, Herr Präsident, und ich bin mir sicher, dass Sie es schaffen werden.
Wenn Sie in Ihrem nächsten Kabinett einen kampferprobten neuen Justizminister brauchen sollten, können Sie auf mich zählen!
In unverbrüchlicher Treue
Jason Ravnsborg

Trump nahm dieses Schreiben mit Skepsis auf:

6. Juli 2020

In South Dakota ist Ravnsborg gut aufgehoben. Aber in der Bundesregierung?? Er sieht aus wie SCHWEINCHEN DICK. Meine Minister müssten alle so aussehen wie Kayleigh McEnany – dann hätte ich die Wahlen bereits gewonnen!

*

Im Juli 2020 distanzierte sich auch Mike Tyson von seinem alten Geschäftspartner Donald Trump:

STATE OF SOUTH DAKOTA

OFFICE OF ATTORNEY GENERAL

1302 East Highway 14, Suite 1
Pierre, South Dakota 57501-8501
Phone (605) 773-3215
Fax (605) 773-4106
TTY (605) 773-6585
http://atg.sd.gov/

JASON R. RAVNSBORG
ATTORNEY GENERAL

CHARLES D. McGUIGAN
CHIEF DEPUTY ATTORNEY GENERAL

July 5, 2020

The President of the United States
The White House
1600 Pennsylvania Avenue, NW
Washington, DC 20500

Dear Mr President:

Your great Independence Day speech made me proud. Please take it as a sign of my respect that I wish to inform you of this in writing. The looters and rioters who want to destroy our country could only whimper that night! Soon they will be crawling back into their holes.
I am pleased to inform you that we have the so-called COVID-19 Pandemic here in South Dakota completely under control even without a lockdown.
We're not giving the alarmists a foot in the door!
I wish you an overwhelming victory, Mr President, and I am sure that you will achieve it.
If you need a battle-hardened new Attorney General in your next administration, you can count on me!

In unswerving loyalty,

JASON R. RAVNSBORG
Attorney General

JRR/jb

Lieber Donald,
wie ich höre, stört Dich der Slogan BLACK LIVES MATTER. Wenn Du ein paar Argumente hören willst, die für diesen Slogan sprechen, bringe ich sie Dir bei unserem nächsten Treffen mit. Sie nennen sich Jab, Cross, Aufwärtshaken, rechte Gerade und linker Haken.
Ich schwöre Dir, dass Du die Welt danach mit anderen Augen sehen wirst, sobald du wieder geradeaus gucken kannst.
Im November werde ich Joe Biden wählen.
Fahr zur Hölle.
Mike

Trump war tief enttäuscht:

10. Juli 2020

Wer hat Tyson großgemacht? ICH. ICH. ICH. Ohne mich würde er heute in Brooklyn Großmütter ausrauben und bei einer Crack-Hure hausen. UND WIE DANKT ER MIR DAS?? Er spuckt auf die Hände, die ihn gefüttert haben. In meiner zweiten Amtszeit werde ich ihn NACH AFRIKA ABSCHIEBEN LASSEN. Irgendein Staat wird ihn da schon aufnehmen. Uganda, Canberra oder Galapagos. Weg mit Tyson!!

*

In ihrem Buch »Too Much and Never Enough«, das im Juli 2020 erschien, beschreibt Mary L. Trump ihre dysfunktionale, lieblose Familie und die brutalen Betrugsmanöver ihres Onkels Donald, und sie kommt zu dem Schluss: »Auf einer sehr tiefen Ebene richten seine Aufschneiderei und sein künstliches Maulheldentum sich nicht an das Publikum, das er vor sich hat, sondern an ein Pu-

7/8/20

Dear Donald:

I hear the slogan BLACK LIVE MATTERS bothers you. If you wanna hear a few arguments in favor of this slogan, I'll bring them to you at our next meeting. They're called jab, cross, uppercut, right straight and left hook.

I swear to you that afterwards you'll see the world with different eyes as soon as you can look straight ahead again.

In November I will vote for Joe Biden.

Go to hell.

blikum, das nur aus einem einzigen Menschen besteht: Donalds längst verstorbenem Vater.«
Auch viele andere Zeitgenossen hatten den Eindruck, dass Donald Trump geistig niemals reifer geworden sei als ein Dreijähriger, der sich mit seinen großen Taten brüstet, um geliebt zu werden. Er selbst sah und sieht sich in einem anderen Licht:

14. Juli 2020

Mein Vater wäre STOLZ auf mich, wenn er sehen könnte, wie ich im Weißen Haus DIE PUPPEN TANZEN LASSE. Das FBI, die CIA, die NSA, das Pentagon, der Kongress – alle KRIECHEN vor mir. Aber WER kriecht vor meiner gehirntoten Nichte? NIEMAND. Und weil sie das schmerzt, bewirft sie mich mit Schmutz. In ihrem engen Köpfchen ist nur Platz für HASS und NEID!!!

⋆

Am 16. Juli 2020 besuchte Trump in Atlanta Brian Kemp, den Gouverneur des Bundesstaats Georgia. Tags darauf verklagte Kemp die Bürgermeisterin Keisha Lance Bottoms und den Stadtrat von Atlanta, weil sie wegen der Covid-19-Pandemie eine Maskenpflicht angeordnet hatten. Trump war hochzufrieden:

18. Juli 2020

Gouverneur Kemp wird diese BITCH und ihre bekloppte Drecksbande in Atlanta in die Knie zwingen. KEISHA LANCE BOTTOMS … Wer so heißt, hat schon verloren & verspielt. Vor fünfzig Jahren hätte sich keine anständige Frau so zu nennen gewagt.

THE WHITE HOUSE

WASHINGTON

July 18, 2020

Hon. Brian P. Kemp
Governor of Georgia
Office of the Governor
Suite 203, State Capitol
206 Washington Street
Atlanta, GA 30334

Dear Governor Kemp,

Your fight against the persistent criminals in Atlanta is a fight against the forces of evil. Make short work of these smelly lowlifes. Put Keisha Lance Bottoms and her gang behind bars! In the hoosegow they can repent of their sins.

Warm regards,

In einem Brief stärkte Trump dem Gouverneur noch einmal den Rücken:

Sehr geehrter Gouverneur Kemp,
Ihr Kampf gegen die hartgesottenen Verbrecher in Atlanta ist ein Kampf gegen die Mächte des Bösen. Machen Sie kurzen Prozess mit diesem stinkenden Gesindel. Bringen Sie Keisha Lance Bottoms und ihre Rotte hinter Gitter! Im Knast können sie dann ihre Sünden bereuen.
Mit herzlichen Grüßen
Donald Trump

*

William Barr, der Generalbundesanwalt der Vereinigten Staaten, warnte den Präsidenten Donald Trump im Juli 2020 vor einem zu harten Vorgehen gegen die Protestdemonstranten in demokratisch regierten Städten:

Sehr geehrter Herr Präsident:
Wie Sie wissen, habe ich Ihren politischen Weitblick schon immer bewundert. Sie sind der einzige Politiker, der unser Land vor dem Sturz ins Chaos zu bewahren vermag.
Ich möchte Ihnen jedoch zu bedenken geben, dass der Einsatz von Bundespolizisten, die friedliche Demonstranten gefangen nehmen, die Krise verschärfen könnte. Es ist nicht auszuschließen, dass wir mit solchen Maßnahmen die Unruhen verstärken, anstatt ihnen ein Ende zu bereiten. Es wäre nicht in unserem Interesse, einen Bürgerkrieg herbeizuführen.
Verzeihen Sie mir bitte, dass ich mir erlaubt habe, so offen zu sprechen. Ich halte das für meine patriotische Pflicht. Die

The Attorney General
Washington, D.C.

July 20, 2020

President Donald J. Trump
The White House
1600 Pennsylvania Avenue NW
Washington, D.C. 20500

Dear Mr. President:

As you know, I have always admired your political foresight. You are the only politician who can save our country from falling into chaos.

However, I would like you to bear in mind that the use of federal agents to arrest peaceful demonstrators could aggravate the crisis. It cannot be ruled out that we are increasing the civil unrest with such measures instead of putting an end to it. It would not be in our interest to start a civil war.

Please forgive me for allowing myself to speak so frankly. I consider it my patriotic duty. The decision is, of course, entirely up to you, and I assure you that I will stand behind you one hundred percent. You are the commander-in-chief. I await your orders.

Sincerely,

William P. Barr
Attorney General

Entscheidung liegt natürlich ganz bei Ihnen, und ich versichere Ihnen, dass ich hundertprozentig hinter Ihnen stehen werde. Sie sind der Oberbefehlshaber. Ich erwarte Ihre Befehle.
Mit freundlichen Grüßen
William Barr

Trump ärgerte sich über Barrs Wankelmut:

21. Juli 2020

Barr ist eine PFLAUME. Will er mit mir IN DEN KRIEG ZIEHEN oder nicht? Er muss FARBE BEKENNEN!!

⋆

Den Elder Statesman Henry Kissinger plagten im Juli 2020 erhebliche Zweifel an der geistigen Zurechnungsfähigkeit des Präsidenten. Zuvor hatte Trump in zwei Interviews erklärt, dass er einen Demenztest, den er für einen Intelligenztest hielt, mit Bravour bestanden habe und sogar in der Lage gewesen sei, noch nach einer knappen halben Stunde die Begriffe »person«, »woman«, »man«, »camera« und »TV« in der richtigen Reihenfolge aufzusagen. In einem Brief gab Kissinger seiner Sorge Ausdruck:

Sehr geehrter Herr Präsident:
Offenkundig sind Ihre geistigen Kräfte auf ein Maß geschrumpft, das nur noch mit dem Elektronenmikroskop erkennbar ist. Die ganze Welt lacht über Sie.
Man hätte Ihnen nicht einmal den Toilettenschlüssel einer Frittenbude anvertrauen dürfen, geschweige denn den Code für den Einsatz unserer Nuklearwaffen.
Warten Sie nicht darauf, dass man Ihnen eine Zwangsjacke an-

HENRY A. KISSINGER

July 26, 2020

Dear Mr. President:

Obviously your mental powers have shrunk to a level that can only be seen with an electron microscope. The whole world laughs at you.

You shouldn't have even been entrusted with the key to the toilet in a burger bar, let alone the codes to launch our nuclear weapons.

Do not wait for them to put a straitjacket on you and forcibly transfer you from the White House to the closed ward of a mental hospital.

Resign!

Sincerely,

Henry A. Kissinger

The President of the United States
The White House
1600 Pennsylvania Avenue NW
Washington, DC 20500

legt und Sie gewaltsam vom Weißen Haus in die geschlossene Abteilung einer Nervenklinik befördert.
Treten Sie zurück!
Mit freundlichen Grüßen
Henry A. Kissinger

Ein Rücktritt kam für Trump natürlich nicht in Frage:

27. Juli 2020

Wie alt ist Kissinger jetzt? 96? Oder 97? Er ist jedenfalls TOTAL VERKALKT. Jetzt will er, dass ich für ihn einen TOILETTEN-SCHLÜSSEL aufbewahre! OH BOY!!! Wen wundert es da noch, dass dieser große »STRATEGE« den Vietnamkrieg verloren hat??

⋆

Kurz danach retweetete Trump ein Video der Ufologin Stella Immanuel, die das Medikament Hydroxychloroquin als Arznei gegen Covid-19 pries und vom Maskentragen abriet. Sie war auch für ihre Warnungen vor dem Astralsex mit Dämonen bekannt, und sie behauptete, Mediziner würden aus der DNA von Aliens einen Immunstoff gegen Religiosität herstellen, doch das störte Trump nicht:

28. Juli 2020

Stella Immanuel und ihr Team sind große Ärzte, bedeutende Ärzte. Sie haben Hydroxychloroquin getestet, an vielen Tausend oder sogar an Millionen und Abermillionen von Patienten. Man kann es im Internet lesen. Es steht auch in den Zeitungen, aber nicht in den Zeitungen, die immer nur über Russland, Russland, Russland schreiben, weil sie Hillary Clinton gehören, die ihre Befehle von Barack Obama empfängt und Joe Bidens islamisches Terrornetzwerk in Ozeanien unterstützt. Ich habe gestern mit unserem Botschafter in Daressalam über die Situation gesprochen. Er ist sehr traurig über den Scherbenhaufen, den Obama uns in Ostafrika hinterlassen hat. Wir müssen jetzt im gesamten Golf von Panama mit der FAUST AUF DEN TISCH HAUEN!

*

Ende Juli 2020 kündigte auch der Golfer Tiger Woods seinem alten Weggefährten Trump die Freundschaft:

Lieber Donald:
Wir alle kennen die faulen Tricks, mit denen Du Dir Deine Siege auf dem Golfplatz erschlichen hast.
Ich habe lange darüber hinweggesehen. Aber jetzt erzählst Du überall herum, dass ich bei einem Spiel mit Dir geschummelt hätte.
Das ist eine Lüge zu viel, mein Freund. Und nun sage ich Dir die Wahrheit: Ich habe Dich immer verachtet. Du bist ein Ganove, neben dem selbst Richard Nixon wie die Jungfrau Maria aussieht.
Mit freundlichen Grüßen
Tiger Woods

Diesen Sinneswandel konnte Trump sich nur mit einem Bestechungsversuch erklären:

TIGER WOODS

[illegible]

July 28, 2020

Donald Trump
The White House
1600 Pennsylvania Avenue NW
Washington, D.C. 20500

Dear Donald:

We all know the rotten tricks you used to get your victories on the golf course. I've long overlooked them. But now you're telling everyone that I cheated on a game with you.

That's one lie too many, my friend. And now I'll tell you the truth: I've always despised you. You're a hoodlum that makes Richard Nixon look like the Virgin Mary.

Yours sincerely,

Tiger Woods

PSA/DNA
X04018

30. Juli 2020

Die DemokRATTEN haben Tiger Woods gekauft. Er nimmt nicht einmal mehr ab, wenn ich ihn anrufe. Ist das zu begreifen?? Erst bescheißt er mich beim Golfen, und jetzt ist er zu den MARXISTEN übergelaufen!!! Was haben sie ihm gezahlt???

*

Nach einem Bericht des Magazins »Vanity Fair«, der am 31. Juli 2020 erschien, war im Weißen Haus fünf Monate zuvor ein Krisenstab zusammengetreten, um ein nationales Programm für Corona-Tests zu entwickeln. Geleitet worden sei dieser Stab von Trumps Schwiegersohn Jared Kushner. Nach einigen Wochen habe er jedoch beschlossen, das Projekt einzustellen. Von der Pandemie waren damals hauptsächlich Bundesstaaten betroffen, die von Demokraten regiert wurden, und Kushner habe es politisch nicht für opportun gehalten, diesen Staaten zu helfen. Deshalb sei es nie zu einem nationalen Testprogramm gekommen.

Das Weiße Haus dementierte diese Darstellung, aber laut Trumps Tagebuch lag »Vanity Fair« nicht falsch:

1. August 2020

Ich hatte Jared eingeschärft, dass er nur ABSOLUT ZUVERLÄSSIGE und VERSCHWIEGENE VASALLEN in seinen Arbeitskreis aufnehmen darf. ABER EINER MUSS JA WOHL GEPLAUDERT HABEN!! Es ist ekelhaft. Überall nur Untreue, Undankbarkeit und Verrat. Mich KOTZT das alles an. Wahrscheinlich sollte ich auch Jared einem LÜGENDETEKTORTEST unterziehen. Konspiriert er womöglich mit Crazy Nancy Pelosi??

*

Der nächste Freund, der sich von Donald Trump abwandte, war der einstige Basketballspieler Dennis Rodman. Im Februar 2019 hatte er Trump noch für den Friedensnobelpreis vorgeschlagen, aber angesichts der paramilitärischen Truppen, die der Präsident in vielen Städten gegen das eigene Volk aufmarschieren ließ, änderte Rodman seine Meinung. Anfang August 2020 schrieb er an Trump:

Sehr geehrter Präsident Trump:
Ich träume davon, dass man Sie noch vor dem Ende Ihrer Amtszeit an den Ohren aus dem Weißen Haus herausschleifen und Ihnen den Prozess machen wird.
Ich träume davon, dass Sie den Rest Ihres Lebens in einem Hochsicherheitstrakt verbringen werden, wo Sie Ihren Mitgefangenen Tag für Tag erklären können, weshalb Sie die am wenigsten rassistische Person in ganz Amerika sind.
Dann werde ich singen: FREE AT LAST! THANK GOD ALMIGHTY, WE ARE FREE AT LAST!
Ich träume davon, dass ich Ihnen niemals die Hand gegeben hätte.
Schande über Sie.
Dennis Keith Rodman

Trump fühlte sich dadurch bestätigt:

2\. August 2020

Ich hatte schon immer das Gefühl, dass Rodman mich bloß benutzt, um weiter nach oben zu kommen. Er ist eine HYÄNE. Ein BLUTSAUGER und ein FEIGLING. Ohne meine Protektion hätte er es NIE in die Basketball Hall of Fame geschafft. Er war auch als Sportler ein NICHTS. Hat er überhaupt olympisches Gold?

*

FROM THE DESK OF DENNIS K. RODMAN

August 1, 2020

President Donald J. Trump
1600 Pennsylvania Ave NW
Washington, DC 20500

Dear President Trump:

I have a dream that before the end of your term of office you will be dragged out of the White House by the ears and put on trial.

I have a dream that you will spend the rest of your life in a maximum-security prison where you will be able to explain to your fellow inmates, day after day, why you are the least racist person in the whole world.

Then I will sing: FREE AT LAST! THANK GOD ALMIGHTY, WE ARE FREE AT LAST!

I have a dream that I never shook your hand.

Shame on you.

Dennis Keith Rodman

Mitte August 2020 belauschte Trump in einem Korridor des Westflügels im Weißen Hauses zufällig ein Gespräch zwischen dem Finanzminister Steven Mnuchin und der Pressesprecherin Kayleigh McEnany und war perplex:

15. August 2020

Mnuchin, dieser politische GNOM, hat mein Gehirn gegenüber SEXY KAYLEIGH hinter meinem Rücken mit einem Flipperautomaten verglichen, der einen WACKELKONTAKT hat. Und Kayleigh hat GEKICHERT!! Ich habe es GENAU GEHÖRT!!! Wer hält noch zu mir???? Die Reihen der Getreuen lichten sich. Es ist bitter! So wie an meinem sechsten Geburtstag, als Andrew Nutts, Jeb Walsh und George McFurloy nicht gekommen sind. Die einzigen drei Gäste, die ich eingeladen hatte!!

*

Nicht nur die schwindende Wählerzustimmung, sondern auch die internationale Lage bereitete Trump im Hochsommer 2020 Kopfzerbrechen:

18. August 2020

Es geht hier zu wie in einem HÜHNERSTALL. Aufruhr in Weißrussland … Verhaftungen in Hongkong … Gasbohrungen der Türken im Mittelmeer … Hitze im Death Valley … Eskalation in Libyen … Ölpest vor Mauritius … Quarantänestreit zwischen Paris und London … Corona, Corona, Corona … Zu meinen Leuten kann ich oft nur sagen: HEY! ES REICHT! Wozu habe ich meine MINISTER?? Sollen die sich doch um solche Nebensachen kümmern! Ich muss mich auf meine WAHLKAMPAGNE konzentrieren!!!

*

Die schlechten Nachrichten mehrten sich: Mehr als 173 000 US-Amerikaner waren inzwischen an Covid-19 gestorben, Trumps alter Intimus Steve Bannon wurde wegen Betrugs verhaftet, viele altgediente Republikaner riefen zur Wahl Joe Bidens auf, der Generalpostmeister Louis DeJoy stieß auf Widerstand, als er versuchte, die Wahlen durch das willkürliche Ausrangieren von Sortiermaschinen und Briefkästen zu sabotieren, und es ließ sich nicht länger vertuschen, dass Trumps Wahlkampfteam 2016 mit der russischen Regierung kollaboriert hatte.
Düstere Gedanken quälten den Präsidenten:

20. August 2020

Jetzt behaupten die elenden NEVER TRUMPER sogar, ich hätte Puerto Rico verkaufen wollen! Weshalb sind sie so gemein zu mir? Was habe ich ihnen getan? Ich will Amerika wieder großmachen, aber dafür brauche ich mindestens noch ZWANZIG JAHRE. Wenn die Wahlfälscher mir diese Zeit nicht geben wollen, muss ich noch in diesem Jahr zeigen, was ich kann. Ohne einen atomaren Erstschlag werde ich NICHT AUS DEM AMT SCHEIDEN!! In Frage kommen Nordkorea, Iran, Venezuela und Mexiko. Oder besser irgendein Ziel in Afrika? Vielleicht Sri Lanka??

*

In dem jüngsten Tagebucheintrag, der mir vor der Drucklegung dieses Buchs zugänglich gewesen ist, geht es noch einmal um Trumps außenpolitische Ziele:

21. August 2020

Jared meint, wir sollten Vietnam angreifen. Eine BRILLANTE Idee. Ich selbst hatte sie schon vor mehr als zwei Jahren. Mit einer Atombombe auf Phnom Penh kann ich die Schande unserer Niederlage austilgen. Es wäre ein historischer Akt der WIEDERGUTMACHUNG. Richard Nixon und John McCain haben es damals aus Feigheit versiebt. Der Einzige, der Vietnam besiegen kann, bin ich: DER FELDHERR DONALD J. TRUMP. Und dann werde ich mir die MEDAL OF HONOR verleihen. Das wird der größte Tag der amerikanischen Geschichte sein.

⋆

Zum Schluss ein Dokument aus Donald Trumps Kindheitstagen. Im Frühjahr 1951, als er viereinhalb Jahre alt war, schickte seine Mutter Mary ein Dutzend Fotos von ihm an Twentieth Century Fox und regte an, aus ihm den nächsten großen Kinderstar zu machen, denn wie jedermann sehen könne, sei er »das süßeste amerikanische Kind seit Shirley Temple«.
Der Firmenchef Darryl F. Zanuck persönlich machte sich die Mühe, Mary Trump vom Gegenteil zu überzeugen:

Sehr geehrte Frau Trump –
Die Mutterliebe ist etwas Heiliges. Darin sind wir uns sicherlich einig.
Man sagt freilich auch, dass die Liebe blind macht. Es ist gewiss sehr schön, dass Sie Ihren Sohn Donald in Ihr Herz geschlossen haben, aber ich fürchte, dass er den Anforderungen, die das Publikum an einen Filmstar stellt, nicht in jeder Hinsicht entspricht.
Doch das ist nur die halbe Wahrheit. Um es ganz offen zu sagen:

Twentieth Century-Fox Film Corporation

STUDIOS
BEVERLY HILLS, CALIFORNIA

OFFICE OF
DARRYL F. ZANUCK
VICE-PRESIDENT
IN CHARGE OF PRODUCTION

February 8, 1951

Dear Mrs. Trump -

Mother love is a sacred thing. I'm sure we all agree on that.

However, it is also said that love blinds. It's certainly very nice that you have taken your son Donald into your heart, but I'm afraid that he doesn't meet the demands that an audience places on a film star in every respect.

But that is only half the truth. To put it bluntly, I would like to advise you to raise your son in a place where he is hidden from the public eye. I'm not suggesting that you keep him locked up in a basement. There are many beautiful areas of America that are sparsely populated. Wouldn't Alaska be a good choice for you and your family? In a lonely log cabin in the far north of Alaska your son could grow up without ever being teased by other children.

Perhaps he would then pursue the career of a respectable and down-to-earth lumberjack who never strays more than ten miles from his outhouse.

That is the best I could wish for your son and for all of us.

Sincereley,

Darryl F. Zanuck

Mrs. Mary Anne Trump
85-14 Midland Parkway
Jamaica, N.Y. 11432

Ich möchte Ihnen den Rat geben, Ihren Sohn an einem Ort aufzuziehen, wo er dem Auge der Öffentlichkeit verborgen bleibt. Damit meine ich nicht, dass Sie ihn im Keller einsperren sollen. Es gibt viele schöne Landstriche in Amerika, die sehr dünn besiedelt sind. Wäre Alaska nicht eine gute Wahl für Sie und Ihre Familie? In einem einsam gelegenen Blockhaus im äußersten Norden Alaskas könnte Ihr Sohn aufwachsen, ohne jemals von anderen Kindern gehänselt zu werden.
Vielleicht schlägt er dann die Laufbahn eines ehrbaren und bodenständigen Holzfällers ein, der sich niemals weiter als zehn Meilen von seinem Plumpsklo entfernt.
Etwas Besseres kann ich Ihrem Sohn und uns allen überhaupt nicht wünschen.
Mit freundlichen Grüßen
Darryl F. Zanuck

Der Herausgeber **ANONYMUS** versteht sich als Diener des Volkes. Nach Möglichkeit wird er auch künftig Dokumente sicherstellen, die der Öffentlichkeit neue Einblicke in Donald Trumps Charakter erlauben.